Tres actos y dos partes

Giorgio Faletti

Tres actos
y dos partes

Traducción de Juan Manuel Salmerón Arjona

EDITORIAL ANAGRAMA
BARCELONA

GIROL SPANISH BOOKS
P.O. Box 5473 LCD Merivale
Ottawa, ON K2C 3M1
T/F 613-233-9044 www.girol.com

Título de la edición original:
Tre atti e due tempi
Giulio Einaudi editore S.p.A.
Turín, 2011

Diseño de la colección: Julio Vivas y Estudio A
Ilustración: foto © CORBIS / Cordon Press

Primera edición: enero 2014

ISBN: 978-84-339-7881-3
Depósito Legal: B. 24506-2013

Printed in Spain

Reinbook Imprès, sl, av. Barcelona, 260 - Polígon El Pla
08750 Molins de Rei

*A Beatrice, Linda, Sofia, Valery,
Virginia, Filippo, Orlando y Tibor,
que van hacia el futuro*

¡A cuántos jugadores hemos visto y veremos
que nunca ganaron nada
y colgaron las botas de cualquier pared
y ahora ríen en un bar...!

FRANCESCO DE GREGORI,
La quinta futbolística del 68

PRÓLOGO

Cuando llegan todo debe estar listo.

Los que llegan son el Gavilán, el Niño, el Jefe, el Extranjero, el Taciturno, el Negro, el Talento, el Vago, el Majo, el Putero, el Marido.

A veces el Homo y el Docto.

Y otros que no nombro.

Son muchachos que suben y tienen los ojos y la mente llenos de excitación, son hombres que bajan y tienen una mirada derrotada, o se rinden a la evidencia de que han llegado a donde iban.

Unos se lo toman bien, otros mal, otros se resignan.

A veces, cuando los oigo llegar, cuando los oigo atravesar el pasillo hablando todos a la vez, tengo la impresión de que sus voces se funden y vencen el tiempo, conjuran otras voces que en el pasado resonaron entre estas paredes bajas y subterráneas, antes de desaparecer junto con los hombres que las emitían. Unos dejan un buen recuerdo, otros uno malo. Otros no dejan más que una camisa olvidada en la taquilla.

Y luego están los Otros.

Llegan y cuando bajan del autobús miran a un lado y otro extrañados, como si nunca hubieran estado en un lugar como éste. A veces tienen el aire prepotente de los fuertes, otras, el aire humilde de los últimos clasificados. Llevan cada vez una camiseta de distinto color. También entre ellos identifico nombres y caracteres, por la manera de moverse, de hablar, de guardar silencio. En otros lugares, en otras ciudades, en otros vestuarios, viven las mismas situaciones, que el hábito colectivo y los pequeños rituales de cada cual les han grabado en la memoria. Lo sé porque una vez cada quince días nosotros somos los Otros.

Yo llevo en esto treinta y tres años, día más, día menos. Soy de los primeros que llegan y de los últimos que se van. Por fuerza mayor vivo apartado y no sé lo que es la luz de los focos. O, mejor dicho, no sabría reconocerla. Por lo demás, donde estamos nosotros, las luces son un poco más débiles, los gritos de ánimo más roncos, hay pocas pancartas y las que hay dicen cosas poco imaginativas.

Es un mundo hecho de hierba, de pantalones cortos manchados de barro y verdín, de rayas trazadas con polvo blanco, de aceite para masajes, de calcetines sudados, de heridas y accidentes; de estallidos de alegría, de gritos de ánimo, de gritos de rabia; de palabrotas cuya intención se sabe a veces, pero cuyo significado no se entiende, porque las dicen en una lengua que no se conoce; un mundo en el que, pese a la mucha higiene, siempre flota un tufo a humedad y sudor.

Esto es el fútbol en general.

Ésta la segunda división en particular. La división en la que todo ocurre el sábado.

Para muchos es un día cualquiera, para otros, un día especial. Para algunos, uno de esos días en el que las brujas no danzan en vano y las profecías parecen cumplirse.

Han pasado treinta y tres años, día más, día menos.

Y, hoy, también a mí me ha llegado una cruz.

1

La ciudad espera, siempre.

Es el ritmo lento de la provincia, en la que todo sucede con morosidad, todo llega de fuera. En otro tiempo fue el ferrocarril, luego llegaron los automóviles, la televisión, la autopista, y ahora llega Internet.

Pero la sensación es la misma.

Simplemente la espera se ha hecho un poco más ansiosa, el orgasmo, un poco más precoz.

Sigue habiendo bares y desocupados, gente rica y gente que finge una riqueza que no tiene. Hay palabras huecas y palabras abundantes, que muchas veces dicen lo mismo. La cara al sol disputa el espacio a la cara en sombra.

Y viceversa.

En esta ciudad, y en otras como ésta, Facebook siempre ha existido. Contactos hechos de susurros, miradas, cosas dichas a la cara y cosas dichas a la espalda, asientos reclinados, sexo rápido con calcetines puestos, casamientos, separaciones, más casamientos.

Los ricos con los ricos, los pobres con los pobres. Sólo la belleza es una mercancía capaz de romper esta cadencia y subvertir las expectativas. El pensamiento se concentra y se diluye, se condensa y se enrarece, se irrita y se relaja.

Todos dicen que esta ciudad es una mierda.

Casi nadie se marcha y los pocos que lo hacen tarde o temprano vuelven. Unos para demostrar que han triunfado, otros para curarse las heridas. Y para explicar a los demás y ocultarse a sí mismos por qué han fracasado.

Van a hablar de sus vidas y de la vida en general al mismo bar de la calle Roma o de la plaza de la Noce, donde cada vez hay menos caras conocidas y más hijos de amigos que se han hecho mayores. Juntos, vencedores y vencidos, porque al menos la derrota y la victoria tienen una cosa en común: fuerza, carácter. Los demás, los que viven una existencia de empate, tienen cara, ropa y coche anónimos. Van a otros sitios y son gente más de capuchino que de aperitivo.

Como yo.

Esto es más o menos lo que pienso cuando cruzo la ciudad camino del estadio o de vuelta de él. Podría coger la circunvalación y tardar mucho menos, pero siempre me dejo llevar por una especie de capricho migratorio y me meto entre casas, tiendas, coches, gente a pie, en bicicleta o en moto. Las horas punta nunca son muy afiladas y se puede viajar sin grandes pérdidas de tiempo. Ahora que han cambiado los semáforos por rotondas y el mundo ha perdido una buena ocasión para hurgarse la nariz, todo circula de forma bastante fluida, menos cuando conducen la edad y la estupidez. A veces ambas coinciden, como ahora mismo en mi persona. Hoy me siento muy viejo y muy estúpido, por lo que he hecho en el pasado y por lo que debo hacer ahora. La experiencia es una tontería, no existe, es un beso que no despierta de ningún sueño. Ayuda a cambiar una bombilla, pintar una habitación o coger a un gato sin que nos arañe.

En todo lo demás, es siempre la primera vez.

La experiencia no sirve más que para saber cómo sufriremos o cuánto sufrirán los que nos rodean. Para darnos cuenta de que, como cuando nos afeitamos, estamos solos con la cuchilla ante el espejo. Hay heridas que, aunque sean pequeñas, nunca dejan de sangrar.

El tío del BMW que viene detrás me pita y grita por la ventanilla no sé qué de un viejo atontado. Debo de ser yo, porque veo que la fila se ha movido y yo me he quedado parado con mi monovolumen en medio de la calle. En otro tiempo habría bajado y ese tío habría tenido que comer puré de patatas y flanes hasta que le pusieran dientes nuevos.

Ese tiempo ya ha pasado.

Y yo no soy ya el que era.

Meto la marcha y acorto la distancia. Sigo el tráfico hasta que se bifurca en un cruce que uno de los últimos nostálgicos semáforos regula. Está en verde, luego no hay tiempo de hurgarse la nariz. Tomo via Segantini y dejo a la izquierda el río y el barrio de Oltreponte, que no merece la mayúscula de puro popular. Los edificios son feos, están descoloridos y tienen mosaicos imposibles, y al poco dan paso a una serie de naves que flanquean la carretera que sale de la ciudad en dirección a Milán.

Todos los días, los nuevos ricos, para ir al polígono industrial donde trabajan, tienen que bordear el barrio y recuerdan lo que fueron. Los obreros sólo ven confirmado lo que serán el resto de sus vidas.

Yo nací y viví en este barrio. Ahora, si puedo, evito ir.

Al final de la recta por la que circulo se ve, entre árboles, el estadio municipal Geppe Rossi. Está gris y viejo, como esperando también que la gloria pase por aquí algún día. Antes estaba en las afueras, pero poco a poco la ciudad lo ha alcanzado y absorbido, y ahora es un rectángulo verde en medio de tejas rojas y aparcamientos grises, que sólo disfruta quien viene en helicóptero y puede mirar el mundo desde arriba.

Así es como se desplaza Paolo Martinazzoli, el nuevo amo del equipo.

Hasta hace cuatro años, todo dependía de la tradición. Y, como muchas tradiciones, que no son más que adaptaciones al mal menor, era poco dinámica y no tenía perspectivas. El equipo local era una pasión de pocos, la clasificación un fluctuar constante entre los últimos puestos y el descenso. Los futbolistas se paseaban por la ciudad entre la indiferencia general, excepto por alguna dependienta o señora que, con tal de sentirse, de rebote, protagonista, estaba dispuesta a mantener alguna relación secreta con ellos.

El único verdadero hincha del equipo era Alessio Mercuri, el antiguo presidente, cabeza de una de las familias principales de la ciudad. Empresario, amigo personal de Gianni Agnelli, durante años hizo andar el trasto renqueante que era el equipo. En parte por prestigio, en parte por obstinación, en parte por emulación. Pero cuando murió, sus hijos echaron cuentas y vieron que aquel prestigio, aquella obstinación, aquella emulación costaban mucho dinero. Y no estaban dispuestos a pagarlo, sobre todo porque la ciudad y el fútbol les importaban un comino.

Yo conocí al viejo Mercuri. Él me contrató cuando hacía dos meses que había salido de la cárcel. En aquellas circunstancias habría sido un personaje incómodo en todas partes. Pero en los lugares pequeños siempre hay alguien que conoce a alguien que conoce a alguien. En Roma, Milán o Nápoles esto casi siempre es mentira. Aquí es siempre verdad. Nos vimos una tarde de primavera en los vestuarios del estadio, mientras los jugadores entrenaban.

Llevaba un traje de chaqueta cruzada azul oscuro o negro, a rayas claras, una camisa blanca y una corbata también a rayas, oblicuas. Tenía un aire a Laurence Olivier y unas manos que hacían pensar en las que lanzan fichas sobre mesas verdes en algún casino de la Costa Azul. Nunca había conocido a nadie que transmitiera tanta confianza y seguridad.

Estábamos solos y me miró un momento antes de hablar. Aún no sé qué me traspasó más, si su mirada o su voz.

−¿Tú eres Masoero?

−Sí.

−Eres alto, para ser un peso medio.

Encogí ligeramente un hombro. Un gesto que no perjudica.

–En el ring nunca fue un problema. Al contrario.

–Lo sé, una vez te vi combatir, en Milán. Con Cantamessa. Lo aplastaste.

Esbocé una media sonrisa. No me cuidé de ocultar lo amarga que era. Total, él lo sabía.

–Sí. Luego él fue campeón de Italia y yo...

Dejé la frase en suspenso porque los dos sabíamos lo que me había ocurrido a mí.

–En fin. ¿Qué puedo hacer por ti?

–Necesito un trabajo. Honrado. En mi situación no es fácil.

–Me lo imagino.

Inclinó la cabeza y se miró las manos. La siguiente pregunta la hizo sin mirarme. Quizá entendía a la gente mejor por el tono de voz que por la expresión de los ojos.

–¿Aún sabes usar los puños?

–Sí.

Esta pregunta y esta respuesta no se referían sólo a puntos de jueces en el ring, sino también a puntos de sutura en urgencias.

Alessio Mercuri volvió a mirarme. Yo no había bajado los ojos.

–¿Y aún quieres usarlos?

–No.

Dos respuestas secas, como el ruido de la reja de la celda que se cerraba a mis espaldas.

–Si quieres, puedes trabajar en el almacén. Hace falta alguien fuerte que no toque las pelotas.

Me sorprendió, pero enseguida entendí. Había usado aquella expresión gruesa para darme a entender que aquel hombre fuerte podía ser yo. Siempre que, precisamente, no tocara las pelotas.

Añadió otra condición.

—La paga no te hará rico.

Yo contesté sin tener que pensar.

—Es un trabajo y por mí vale.

Esto ocurría hace treinta años.

Desde entonces me he portado bien y ahora soy el utillero del equipo y, en parte, el encargado de la logística. Ya no soy joven pero me las arreglo. También el sueldo ha ido aumentando. Y, en lo posible, he dejado atrás el pasado. Lo único que no he olvidado es aquel encuentro una tarde de primavera en unos vestuarios con un hombre que confió en mí.

El único, quizá, al que no he traicionado.

Estuve muchos años preguntándome por qué un hombre de su categoría quiso verme personalmente en lugar de mandar a un subalterno. Ahora que lo conozco creo que nunca habría dejado a otro el placer de tener aquel encuentro. Porque yo era quien era y porque él, en su mundo aristocrático, también era quien era.

Cuando murió, fui a su entierro y dejé una nota de pésame. Sólo decía: «Gracias.» Y, abajo, como firma: «Uno que nunca tocó las pelotas».

2

Sigo.

Hace buen día, uno de esos días sin nubes y con un cielo azul que parece el velo de la Virgen. Para quien cree en la Virgen, claro. Para todos los demás no es más que un bonito cielo, más allá del cual no hay paraísos.

Poco antes de llegar a la explanada del estadio, tuerzo a la izquierda y tomo una carretera que al kilómetro empieza a subir hacia el monte. Pero yo no quiero llegar a lo alto. Hoy no estoy de humor para ver las cosas desde arriba. Unos cientos de metros más adelante llego a un descampado a la derecha, aparco y apago el motor.

Permanezco sentado.

Cojo un paquete de tabaco de la guantera de mi lado y me enciendo un cigarrillo. Antes no fumaba. Era un deportista y necesitaba todo mi aliento. Luego sucedieron cosas que me dejaron sin él, y eso que tenía mucho. Y de todos los vicios que se pueden adquirir en la cárcel, el de fumar es quizá el menos grave.

Bajo la ventanilla y la primera bocanada de humo sale por ahí. Me reclino en el asiento y paseo la mirada por el habitáculo. He abatido los asientos traseros y he cargado todo lo que se necesita hoy en el estadio. Calcetines, espinilleras, botas, pantalones cortos. Balones. Camisetas con un número en la espalda y un nombre propio que el año que viene podrían ser de otro color y llevar otros números. Antes teníamos el almacén en el estadio. Un par de visitas con allanamiento de morada nos convencieron de trasladarlo a la sede del club. Cuando me enteré de los robos sonreí.

Después de todo, también ésa es una forma de afición.

En el asiento de al lado llevo un ejemplar de la *Gazzetta Sportiva* y una edición especial del *Corriere di Provincia*. Los he comprado en el quiosco que hay cerca de mi casa, antes de salir.

Alfredo, el quiosquero, me los ha dado con una sonrisa y una pregunta.

–¿Tú qué dices? ¿Ganamos?

Sólo he respondido, con cansancio, a su sonrisa. La verdad es que no sabía si ganaríamos. Nadie lo sabe, en un mundo en el que corren hombres y pelotas. Y, sobre todo, donde *mala tempora currunt*. Aunque parezca extraño, también yo he leído algunos libros. He tenido tiempo.

He compartido con Alfredo el punto de vista desde el que miraba el mundo.

–Ojalá. Será duro.

–Joder, ¡qué ánimos! Me toco las bolas. –Alfredo se ha llevado las manos a las partes anatómicas que en este país se cree que conjuran la mala suerte–. Hombre, precisamente tú que eres de la familia. Vamos a ponerlos negros, y eso que llevan la camiseta blanca.

Me he inclinado hacia delante para dejar dos monedas en la bandejita de las transacciones económicas. He ocultado así por un instante a los transeúntes la vista de un hombre en pie y con las manos en sus partes que no formaba parte de una barrera.

–Me conformo con ponerlos grises. Con un empate nos clasificamos nosotros pero un uno a cero no estaría mal.

Me he ido, y cuando subía al coche he oído a Alfredo que desde el quiosco me gritaba su previsión, tan entusiasta que parecía ya un resumen.

–¡Tres! ¡Les metemos tres!

Me he despedido con un ademán y he cerrado la puerta sin replicar. Si Alfredo supiera un par de cosas que yo sé, su fe recuperaría la vista de golpe. La fortuna, la fe, el amor: pura ceguera. Un día nos obligan a abrir los ojos y vemos cómo funciona en realidad el mundo. Vemos que se necesita muy poco para inclinar el plano y que la bola descienda por la otra parte.

Alargo la mano y despliego la *Gazzetta Sportiva* para ver toda la primera página. Hay fotos y noticias, como siempre. La liga de primera división ha terminado, con sus penas y sus glorias. Queda a merced de la historia y de las estadísticas. No sé si el *scudetto* se lo ha llevado el mejor, sé que se lo ha llevado el ganador. No siempre las dos cosas coinciden.

Para la segunda división, es como la noche que precede a un examen.

Mejor dicho, la mañana.

Dentro de poco se decide quién sube con las estrellas y quién se queda abajo mirando. Antes, cuando se jugaba los domingos, todo era más simple. Los primeros tres equipos pasaban a primera, los demás lo intentaban a la próxima. Unos jugadores se despedían de otros a los que no volverían a ver en el terreno de juego y esperaban la siguiente liga.

Ahora hay mucho, demasiado dinero de por medio.

Con esto de los derechos televisivos, jugar los partidos antes o después de su hora y todo lo demás, me enfrento a un reglamento que parece empeñado en que me sienta americano o idiota.

La palabra *play-off* suena a *hamburger*, a Coca-Cola y a *popcorn*. Ninguna de estas cosas me gusta. Será cuestión de gustos. O será que las primeras palabras que aprendí en inglés eran los nombres de los golpes en boxeo. Y tengo que decir que es un idioma que si da en la barbilla o en el hígado, hace daño.

El periódico local está dedicado en su totalidad al equipo y al largo camino que nos ha traído hasta aquí. En la portada se ve la foto de un jugador que lleva la segunda camiseta, la roja, la que se ponen cuando hay posibilidad de confusión con el uniforme del rival. El muchacho corre hacia el objetivo apretando los puños, tensos los tendones del cuello, crispada la cara en un grito de alegría del que la prensa sólo puede dar una vaga idea. Acaba de marcar y la palabra que recuerdo y nunca saldrá de una foto es gol.

Tengo grabado en la memoria el día en que tomaron esa foto. Jugábamos en casa y ése fue el primer tanto de los tres que nos dieron la victoria contra los primeros de la clasificación. En ese momento alguien empezó a pensar que las esperanzas no eran tan infundadas, que el sueño no era tan irrealizable.

Y ahora aquí estamos, en la primera página de todos los periódicos deportivos nacionales, esperando que el milagro se cumpla del todo y que la pequeña obra maestra que ha sido nuestra actuación en la liga se convierta en una obra maestra absoluta. Dentro de unas horas se decide nuestro destino. Si vencemos al equipo con el que vamos a enfrentarnos, estaremos de nuevo, pasados tantos años que ya nadie lo recuerda, en el Olimpo de la primera división. Y si no vencemos, que nos quiten lo bailado. Los perdedores nunca salen con demasiado rabo entre las piernas. Se dan todas las circunstancias para que sea el gran día. Aunque también para que sea un día pésimo.

Doblo los periódicos y bajo del coche.

Al otro lado de la calle cuelga un letrero que me invita a entrar en el restaurante Rué. Me dirijo a la puerta resuelto a aceptar la invitación. Es un negocio familiar, con una cocina casera, sencilla y ligera. Como aquí a menudo, porque está cerca del estadio, los precios son razonables y soy amigo de la familia Roero desde hace mucho. En realidad el nombre del restaurante no es sino el apellido en dialecto. La razón principal es que desde que murió mi mujer, hace cuatro años, la cocina de mi casa no es para mí otra cosa que el lugar donde está el frigorífico, y procuro comer lo menos posible.

Los pocos pasos que me separan de la puerta bastan para reconstruir toda una vida.

Conocí a Elena en la cárcel. Mi caso acabó en la prensa y, como suele ocurrir con los personajes que excitan la imaginación popular, recibí una serie de cartas, algunas escritas por muchachas. Las leía y las rompía.

Menos una.

Poco a poco las cartas de desconocidos fueron disminuyendo hasta cesar. Sólo una persona siguió escribiéndome con regularidad. Me di cuenta de que esperaba aquellas cartas primero con curiosidad, luego con impaciencia. Y al final empecé a contestar.

Cuando salí, al año y medio, estaba esperándome. Me había enviado fotos, pero no era yo tan mago como para poder sacar a una persona desconocida de aquel rectángulo de colores. Era la imagen de una joven morena, alta y delgada, graciosa pero no guapa. Sola, con amigas, en la playa o en la montaña, en manga corta o con abrigo, según la estación. Pero no había roce de la piel ni perfume ni, sobre todo, voz. Únicamente aquellas palabras escritas en papel con una letra espaciada y clara que decían cosas bonitas pero insonoras.

Nunca quise que fuera a visitarme a la cárcel.

Cuando la vi ante mí, y la miré y la olí y la oí me pareció que Dios me había devuelto la costilla. No sabía que unos años después volvería a quitármela, sin anestesia.

Le tenía la mano cogida, cuando murió. Me miró y me susurró algunas palabras que no entendí. Sólo comprendí que se referían a nuestro hijo. Elena me había dicho siempre que los hijos son las únicas personas que pueden hacernos aceptar la idea de la muerte, porque ningún padre ni madre quiere sobrevivir a aquellos a quienes trajo al mundo.

Cuando abro la puerta y entro en el restaurante entiendo cuánta razón tenía. Y llego a albergar hacia ella, que ahora descansa en paz en algún sitio, una punta de envidia. Siempre he sido un hombre solitario. Ahora soy un hombre solo. No pensé que con el tiempo sentiría la diferencia.

3

Entro en el local y mis ojos tardan un momento en habituarse al cambio de luz. Llego antes de la hora de comer y no hay nadie sentado a las mesas, con la excepción de un hombre solo al fondo a la izquierda. Lleva un cárdigan de lana, aunque fuera hace calor. Instintivamente tiendo a pensar que es un anciano, pero de un tiempo a esta parte uso con cuidado esta palabra. Bien mirado, apenas debe de tener unos años más que yo. Como las cosas se tuerzan, mañana yo mismo podría ser uno de esos vejetes frioleros que se pasean con abrigo en pleno agosto.

Fabio Roero me ve entrar y viene a mi encuentro. Es un joven que acaba de entrar en la treintena, no muy alto, rollizo como cumple ser al dueño de un restaurante, con el pelo al rape y un mandil atado a la cintura que le da un aire de mesonero de otros tiempos. Lo traicionan las Reebok, un tatuaje en el brazo y una foto con casco y mono de piloto que hay en la pared.

–Hola, Rué.

–Hola, Silver.

Me llamo Silvano pero en provincias pronto le ponen a uno mote. Y de Silvano a Silver hay poco trecho. Sobre todo si, después de un combate, nos presentamos en el bar con un ojo tan negro que parece el parche de un pirata y alguien nos dice que eres como el Long John Silver de *La isla del tesoro*.

Fabio mira la hora.

–¿Vienes ya a comer o aún no has desayunado?

–Como prefieras. El caso es que no me sirvas un capuchino.

Fabio es un joven chistoso y espabilado que ama su trabajo. Lo demuestra el hecho de que tiene un diploma de sumiller y no le gusta el vino. Ya era hincha del equipo hace mucho, cuando la clasificación hacía andar con la cabeza gacha al más optimista de los aficionados. Ahora es mucho más fácil y la gente, como se dice, siempre está dispuesta a arrimarse al sol que más calienta.

El joven hace un gesto con los brazos que abarca todo el local.

–Aunque no has reservado mesa, seguro que te encontramos un sitio. –Me mira sonriendo–. O sea, que puedes sentarte donde quieras menos en los brazos de ese señor.

Me dirijo a la punta opuesta a aquella en la que se sienta el hombre del cárdigan. Los dos damos la impresión de querer compartir el menos espacio posible. El mantel de la mesa es a cuadros ocres y granates, y lo cubre otro de papel áspero, como el que usaban antes en las carnicerías. Me siento y enseguida me trae Fabio una botella de agua natural y una bolsa de papel marrón con pan y bastoncillos. Deja la botella en la mesa y la bolsa delante de mí. Rasgo el papel longitudinalmente, de manera que el contenido se esparza y pueda cogerlo sin tener que meter los dedos.

–Ahora mismo viene Rosa.

Se va en busca de la camarera. Lo veo atravesar un recinto que conozco a la perfección. Las paredes están pintadas de un rojo mate que llaman pompeyano. Las vigas del techo y las mesas de nogal dan al local aspecto de mesón antiguo. Hoy hay una novedad en las paredes. Cuadros de un nuevo artista. Rué ofrece su restaurante a artistas jóvenes para que expongan sus obras y a cambio decora gratis. No me consta que se haya vendido nunca ninguno, pero el mundo está lleno de gente con iniciativa, buena voluntad y manos que lavan otras manos.

Viene Rosa con aire de haber apagado un cigarrillo ahora mismo, antes de terminárselo. Me sorprende no ver el último humo salirle por la boca. Se para ante mí, se busca en el bolsillo y saca un bolígrafo y una libreta para tomar nota.

–Hola, Silvano. ¿Qué va a ser?

La pregunta es una formalidad. Cuando vengo aquí siempre pido lo mismo. Hoy, por darme tono, finjo que examino la carta. Hay cosas que conozco y alguna novedad. Vacilo un momento entre caminos viejos y caminos nuevos. Al final cedo a la costumbre.

–Carne cruda y...

–Tagliolini con tomate y albahaca.

Ha terminado de pedir por mí.

Dejo la carta y la miro. Hace un gesto con el hombro.

—Cuando lees la carta sin ponerte las gafas, sé lo que vas a pedir.

Rosa ha cerrado ya la libreta y se la mete en el bolsillo de la falda de trabajo. Me mira con un par de ojos oscuros que alguna vez debieron de ser vivaces. Ahora me parece que lo miran todo con recelo, como quien no sabe por dónde vendrá el próximo golpe. Pero sin esa resignación de quien sabe que, por la izquierda o por la derecha, por arriba o por abajo, llegará sin duda. Una persona que ignora el uso de la bandera blanca.

—¿Cómo estás?

—Bien.

Mi tono de voz no debe de completar el sentido de la palabra. Rosa lo nota, pero como es una persona reservada se abstiene de inquirir. Tampoco yo lo haría en su lugar. Por eso nos llevamos bien. Es una mujer alta y morena, de formas lo bastante plenas para que, con la edad, no se le formen patas de gallo, y tan delgada que, por la manera de moverse, no aparenta los casi cincuenta años que tiene.

—¿Estás nervioso?

Hago un gesto vago que abarca todo el mundo.

—¿Quién no lo estaría?

—Te comprendo. Lo estoy yo y no sé nada de fútbol.

Me sonríe.

—Por la sencilla razón de que te conozco.

Ha dicho estas palabras con calma, bajando un

poco la voz. Eran para mí y para nadie más. Durante una fracción de segundo queda suspendida entre nosotros una sensación de complicidad, esa complicidad que anula las categorías. Son momentos que nunca duran mucho.

–Ahora mismo traigo la carne.

Rosa ha recuperado su tono normal y volvemos a ser una camarera y un cliente habitual en un restaurante. Se vuelve y se dirige a la cocina para pasar la comanda. Observo su paso preciso, de mujer que tiene que hacer un trabajo y, le guste o no, procura hacerlo lo mejor que puede.

Como un trozo de bastoncillo. Bebo un sorbo de agua. Lamento haberme dejado los periódicos en el coche. Tendría algo con que pasar el rato mientras me traen la comida. Aunque luego me digo que ya lo sé todo, y mejor que ningún periodista. Yo las noticias las vivo desde dentro y, en la medida de lo posible, conozco la verdad.

Incluso cuando es incómoda.

Así que me quedo mirando la puerta por la que ha desaparecido Rosa.

Hemos salido algunas veces. Película, pizza, helado, paseo por el parque Nencini. Me ha hablado de ella, de su separación, de su marido, un hombre con dinero pero esclavo de la familia, de lo difícil que es criar a un hijo sola, con un padre cuya presencia se limitaba a un cheque mensual, que por suerte llegaba puntualmente. Cuando su hijo se licenció en economía y comercio fue la única que pudo sentirse orgullosa. Desde ese momento empezó a devolver los cheques

33

a su remitente, hasta que dejó de recibirlos. Ahora Lorenzo, su hijo, está en Londres, donde ha estudiado un máster en gestión deportiva y está haciendo carrera como agente futbolístico. Rosa me ha dicho, con orgullo de madre, que su hijo ha empezado a devolverle a su padre el dinero con el que le sufragó los estudios.

Espero, por él y por su madre, que pueda devolvérselo todo.

Yo no le he contado mucho de mí y ella no me ha preguntado nada. Es posible que, para formarse una opinión de mí, prefiera lo que sabe por experiencia a lo que oye decir. Lo más difícil del mundo es encontrar a alguien que nos acepte como somos. Por lo general, la gente es tan superficial que se conforma con lo que cree que somos, y a veces se trata de dos personas distintas.

Una noche, después del cine, en la puerta de su casa, nos besamos.

La boca le olía y le sabía bien, y yo hacía mucho que no besaba a una mujer así. Cuando nos despedimos, en la penumbra del coche, a Rosa le brillaban los ojos. Quizá también para ella aquel beso significaba lo mismo, una emoción hallada sin buscar y por eso tanto más sorprendente.

Señaló con la cabeza la puerta de su casa.

—¿Quieres entrar?

Puse las manos en el volante y miré al frente. Tardé unos segundos en responder. Pensé en el después, en cómo me sentiría cuando todo hubiera acabado. Me pregunté si el fin de la pasión se convertiría en ternura o en ganas de escapar.

No hallé respuesta.

Y decidí escapar antes.

–Quizá mejor que no.

Rosa inclinó la cabeza y abrió el bolso en silencio. Oí las llaves tintinear, la portezuela abrirse. Sólo entonces me volví hacia ella.

–Buenas noches, Silvano. Lo he pasado muy bien.

Sonreía como siempre. Si se sintió frustrada, no lo dejó ver.

–También yo. Buenas noches, Rosa.

Se apeó y yo arranqué. Esperé a que entrara y se convirtiera en una forma indistinta tras los cristales esmerilados del portal.

Entonces partí, sin conseguir dejar atrás mis temores.

Nos hemos visto otras veces pero no volvió a ocurrir nada. Tampoco hemos hablado de aquel episodio. Entre nosotros se han creado esas pequeñas costumbres que día tras día van ensanchando los límites de una amistad. Por la noche, cuando podemos, hacia las ocho menos cuarto, nos llamamos para desafiarnos a la *Ghigliottina*, el último concurso del programa de Carlo Conti. Cada cual delante de su tele, teléfono en mano, tratamos de adivinar la palabra misteriosa a partir de otras cinco que el concursante saca de una lista. Rosa es mucho mejor que yo y, por mucho que lo intento, casi siempre me gana. Sin embargo, pese a este y otros hábitos, yo nunca he estado en su casa ni ella ha estado en la mía.

La puerta de la cocina se abre al mismo tiempo que la del local. Rosa viene con un plato. Fabio entra

35

en el restaurante y se dirige a mí agitando un periódico. El entrante y el periódico llegan a la mesa al mismo tiempo.

La carne cruda huele ligeramente a ajo, como siempre. La portada del *Corriere di Provincia*, el mismo que me he dejado en el coche, sigue mostrando la rabia exultante de ese jugador con camiseta roja que acaba de marcar.

Fabio alisa el papel con la mano.

—¿Has visto? No me habías dicho que salía el Grinta en primera página.

El Grinta es el apodo que han puesto a ese jugador, sacado de una película de John Wayne. Se lo ha merecido por su determinación y empeño constantes, que lo han convertido, a lo largo de la liga, en el símbolo del equipo. Un hombre capaz de reunir a su alrededor a un vestuario y ser un punto de referencia en el terreno de juego.

Miro a Fabio y finjo sorpresa.

Miento.

—No lo sabía. Esta mañana no he tenido tiempo de comprar la prensa.

Fabio aún habla con el tono incrédulo de quien ha visto operarse un milagro ante sus ojos.

—Me acuerdo de ese partido en casa. Yo fui a verlo. ¡Qué golazo le metió al...!

Sigo mirando la foto y las palabras de Fabio se pierden. La figura reproducida, esa cara tensa y ese grito aprisionado en el papel parecen agigantarse junto con lo que siento en mi interior. También yo llevo un grito dentro que nunca podrá convertirse en sonido.

Ese jugador, el símbolo del equipo, el punto de referencia en el terreno de juego, ha decidido vender el partido de hoy. Y lo peor es que el Grinta se llama en realidad Roberto Masoero.

Mi hijo.

4

Salgo del restaurante dejando a mis espaldas a personas a las que conozco y que me conocen. También estoy convencido de que dejo bastante perplejidad. Aunque por grande y profunda que sea, no puede compararse con la mía.

En el coche encuentro una atmósfera familiar, con un ambientador colgado del retrovisor, material deportivo en la bandeja trasera y periódicos en el asiento del pasajero. Sólo que ahora, desde la primera página del *Corriere di Provincia*, me mira un desconocido. Los lazos que se tienen con los hijos, sin embargo, son una condena de por vida y no ofrecen alternativas.

Arranco pero no me muevo. Aún llevo en la boca el gusto del café y el cigarrillo que me enciendo debería saberme bien.

Debería.

El susurro del aire acondicionado introduce cierto frescor en el habitáculo. Lo apago. El hielo que llevo dentro basta por sí solo para refrigerarlo. Por fin meto la marcha y voy a salir del aparcamiento cuando Rosa aparece en la puerta del restaurante. Mueve la cabeza a izquierda y derecha para asegurarse de que no vienen coches y cruza con su paso resuelto.

Cuando casi ha llegado bajo el cristal.

Se acerca y se queda mirándome por el recuadro de la ventanilla. En su voz hay una pena que también es la mía.

—Silvano, ¿qué pasa?

Querría contárselo todo, pero...

—Nada.

—Viéndote la cara, nada me parece muy poco.

—Quería decir nada que no pueda arreglarse.

Rosa entiende que, sea lo que sea, debo solucionarlo solo.

—Pues arréglalo. Y recuerda siempre dos cosas.

—¿Cuáles?

—Que me tienes, cuando quieras.

Esta frase es una tabla de salvación. Y también una petición de ayuda. Pero en este momento no tengo fuerzas para lanzarle un salvavidas a ella también.

—Ésa es una. ¿Y la otra cosa que debo recordar?

—Mi número de teléfono.

Una fracción de segundo y Rosa está ya cruzando la calzada de asfalto. Poco después la puerta del restaurante se cierra y me quedo solo. Pensando y lamentando ser capaz de pensar. No es verdad que vemos pasar nuestra vida en un instante sólo cuando vamos a morir.

Para quien ha estado en la cárcel no es fácil tener una buena relación con un hijo. Siempre hay alguien que sabe y que, en el momento oportuno, cruel y puntual, arroja la verdad a la cara. Ha ocurrido siempre.

En la escuela, en el salón parroquial en el que se dan las primeras patadas, con otros chicos y chicas. Cuando somos jóvenes no tenemos más defensa que la familia a la que representamos y que nos representa. Para mí, la edad en la que un padre es un héroe pasó deprisa. Quizá ni siquiera existió.

Una vez, cuando Roberto estudiaba secundaria, fui a recogerlo al colegio. Había otros padres esperando y cuando los muchachos, con el entusiasmo de quien recupera la libertad, salieron del centro, corrieron con sus padres y sus madres. Él, cuando me vio, se quedó parado. Al fin empezó a caminar hacia mí despacio, mirando a un lado y a otro, como si se avergonzara de mi presencia. Entonces no sabía yo hasta qué punto se avergonzaba.

—Hola, papá.

Le cogí la cartera y echamos a andar.

—Hola, delantero centro. ¿Qué tal ha ido?

No llegó a contestarme. A nuestras espaldas se oyó una voz, una voz de niño.

—Eh, Masoero, ¿adónde vais? ¿A casa o a la cárcel?

Aquellas palabras nos alcanzaron como balazos. Él resultó herido, yo resulté muerto. Volvimos a casa en silencio. Nunca más fui a recogerlo a la escuela.

Entre nosotros siempre se ha interpuesto la sombra de mis antecedentes penales, a veces tan grande y oscura que ha resultado un eclipse total. Vivíamos en la misma casa, hablábamos, hacíamos lo que suelen hacer un padre y un hijo. Pero siempre nos veíamos como desenfocados, como si estuviéramos envueltos en plástico. Por mucho que lo intentamos, nunca conseguimos agujerear aquel plástico y mirarnos a la cara.

Ahora que lo pienso, quien lo intentaba era yo, el culpable.

Al final el fútbol se me llevó a Roberto. Después de haber crecido en la cantera del equipo local, empezó a recorrer Italia vistiendo otras camisetas. Siempre en segunda división, porque, aunque tenía talento, no era tan bueno como para jugar en primera.

Telefoneaba poco y cuando lo hacía hablaba con su madre y se limitaba a decirle que me diera recuerdos. Nos vimos en el entierro de Elena, pero entonces la ausencia de ella fue más fuerte que nuestra presencia. Se fue inmediatamente después y durante un tiempo estuve hablando de él con una foto en una lápida.

Luego, al año de cambiar el equipo de dueño, volvió a jugar a casa. Muchas veces me he preguntado por qué lo decidió así sin encontrar respuesta. Al principio quise creer que el tiempo había limado ciertas asperezas. Luego supe que Roberto había optado simplemente por la mejor oferta.

Se compró una casa en Borgo della Seta, un barrio residencial en el que vive la gente bien. Quizá por desquitarse del barrio popular en el que se crió y de los jóvenes más ricos a los que trató. También se compró un coche deportivo, seguramente por lo mismo.

Nos veíamos en el campo de fútbol y hablábamos, aunque más que un padre y un hijo parecíamos lo que en realidad éramos: un jugador y un utillero.

Hemos cenado alguna vez juntos, pero el pan se digiere mal cuando hay tensión.

A todo esto, él ha ido creciendo y madurando como deportista. Parecía que los aires de casa hacían manifestarse dotes que habían estado latentes, y con el nuevo entrenador ha llegado a la plenitud. Día tras día se ha granjeado la simpatía y admiración de la afición, de sus compañeros de equipo y de los periodistas. En la liga ha liderado el equipo hasta los primeros puestos y ha hecho que la meta del ascenso pueda alcanzarse.

Y así yo he pasado de ser Silver el utillero a ser el padre del Grinta.

Pero siempre he ido un paso por detrás, con miedo de que en cualquier artículo se diera a conocer de quién es hijo. Temía por su futuro y me avergonzaba tanto de mi pasado que no podía sentirme orgulloso del presente.

Hasta que un día, hace poco, quiso el azar que nos encontráramos en el único lugar en el que ni él ni yo teníamos defensas.

Fue en el cementerio. Yo estaba agachado ante la tumba de mi mujer, poniendo en el jarrón unos tulipanes, las flores favoritas de Elena. Oí pasos en la gravilla a mis espaldas, me volví y era él, con un ramo de flores.

Tulipanes también.

No dije nada. Roberto se acercó y me dio su ramo. Esperó a que los colocara con los míos, lo que hice mezclándolos hasta que no se supo cuáles eran los suyos y cuáles los míos.

Nos quedamos en pie mirando la foto de la lápida, siempre en silencio, cada cual sumido en sus recuerdos y en su pudor. El sol, a nuestras espaldas, dibujaba dos sombras en el mármol, sobre la imagen de cerámica de Elena, único modo terreno que teníamos de sentir que seguíamos juntos. No lo miré para no ver por enésima vez cuánto se parecía a su madre.

La voz de mi hijo se oyó de pronto y sonaba más vieja que su edad.

–¿La echas de menos?

–Todos los días. Como sé que me habría echado de menos ella si yo hubiera faltado primero.

–También yo la echo de menos. Era una gran mujer.

–No lo sabes bien. No sé qué habría sido de mí si no hubiera estado esperándome cuando...

Di un suspiro antes de pronunciar aquella palabra que nunca había dicho delante de él.

–Cuando salí de la cárcel.

Esta frase cayó como un hacha sobre cualquier otra. Quizá él prefería no saber y yo no podía explicar. Seguimos otro rato en silencio, cada cual recordando palabras y gestos y esperando que su sombra se alargara otro poco.

Luego nos dirigimos a la salida, uno al lado del otro. No sabía de qué hablar. Para no salir de un terreno conocido, hablé, pues, de él y del equipo.

–¿Cómo ha ido el entrenamiento?

–Bastante bien, pero la alineación aún está por decidir. Pizzoli aún no se ha recuperado del todo y creo que en su lugar jugará Zandonà o Melloni.

—¿Y Carbone en la banda?

—Es una posibilidad. Pero ya sabes que el míster no suelta prenda, aunque siempre se inventa algo.

—Si tú sigues jugando como estás jugando, no hace falta que invente mucho.

Roberto hizo un ademán de indiferencia, como dando a entender que lo que hacía en el terreno de juego no era nada del otro mundo. Consideré oportuno reiterar la idea, no como padre sino como deportista.

—Eres el héroe de la ciudad. En el bar al que voy me invitan todos los días a beber sólo porque soy tu padre.

Habíamos llegado a la verja. Salimos y con la mirada busqué su coche en el aparcamiento. Él lo vio y sonrió.

—No vas a encontrarlo. Ya no tengo el Porsche. Lo he vendido.

No me dio tiempo a replicar.

—Y también he vendido la casa.

Yo estaba tan absorto saboreando aquel encuentro, el insólito hecho de estar allí juntos, que no advertí la prisa con que soltó la siguiente frase, como si estuviera avergonzado y quisiera justificarse.

—Me hicieron una oferta buenísima, de esas que no pueden rechazarse. La persona que compró la casa quiso también el coche.

—Ya imagino. Le parecería mentira comprar la casa y el coche del Grinta.

Sonreí. En aquel momento yo era un padre que tenía al lado a un hijo que había encontrado su camino en la vida. No podía juzgar con lucidez.

44

Proseguí, con una serenidad que no sentía hacía tiempo.

—¿Y dónde vas a vivir?

Me contestó sin mirarme.

—Pensaba, si te parece bien, alojarme en tu casa un tiempo, hasta que encuentre algo.

No me quedé sin palabras. Habría podido decir millones, pero temía que fueran equivocadas. Me limité, pues, a las estrictamente indispensables.

—Pues claro, ven cuando quieras, y quédate el tiempo que necesites.

Confié en haber empleado el tono justo. Está claro que así fue, porque me sonrió con la misma sonrisa vacilante que tenía de niño.

—Gracias. Me organizo y te llamo.

Se volvió y echó a andar hacia un utilitario rojo. Antes de dirigirme a mi coche, me quedé mirándolo subir y alejarse.

Dos días después Roberto se presentó en mi casa con una maleta y un bolso. Se instaló en su vieja habitación, y todas las noches, cuando me iba a la cama, me alegraba de tenerlo allí.

Hasta que descubrí la nota y lo vi con aquel hombre.

5

Estoy en el coche, con el motor en marcha, pero no consigo arrancarme de este lugar polvoriento en el que estoy aparcado, a unos veinte o treinta metros de un local familiar y de la amistad tranquilizadora de Rosa. Como en ciertos concursos de televisión, ante mis ojos llueven sin cesar palabras y yo no encuentro las que debo decir ni el momento en que debo decirlas. Miro la hora en el salpicadero. En este momento, en el Hotel Martone, en las afueras, carretera de Turín, los jugadores están comiendo en su retiro.

Sandro Di Risio, el entrenador, los reúne en ese hotel la víspera de los partidos, después de un ligero entrenamiento de puesta a punto por la tarde. Es una costumbre que tienen todos los equipos, incluidos los de primera división. Un modo de estrechar el grupo, de unir los elementos humano y deportivo. Los muchachos están juntos, juegan a las cartas y a la Play Station, algunos leen un libro. Se los mima y protege, porque cuando se ha pasado la mayor parte de la joven existencia corriendo detrás de un balón, adulados a diario para que den el máximo, quizá se tiene mucha experiencia de juego, pero poca experiencia de vida. Al terminar de comer se da a conocer la alineación y una hora después todos suben al autobús del club y se dirigen al estadio. Sólo en casos especiales se permite a los jugadores ir con coche propio.

He descartado la idea de presentarme allí y hablar con el entrenador. Roberto no está solo en este sucio asunto. Debe de haber implicados otros miembros del equipo, de otro modo sería imposible. El problema es que no sé quiénes. Mi llegada al hotel haría sospechar primero a mi hijo, y después a los demás.

Hay una cosa que debo y quiero hacer. Impedir que esos muchachos se arruinen la vida. Impedir que un día, cuando vayan a recoger a sus hijos a la escuela, les digan por la espalda: «Eh, ¿vais a casa o a la cárcel?» Impedir esto sin quitar al equipo la posibilidad de ganar el partido más importante de su historia.

La única persona de la que puedo fiarme es Di Risio, porque confío en que no esté implicado. Lo sé al noventa y nueve por cien, porque la certeza absoluta no existe. Su gestión del juego lo ha sacado del anonimato y por él están interesándose equipos importantes incluso de primera división. Es una persona inteligente y no se arriesgaría a perderlo todo por una tontería como ésta.

Cojo el móvil y marco el número del míster.

Me contesta al tercer toque.

—¿Sí?

Una voz más bien cansada. Una voz llena de tensión.

La mía es acuciante.

–Míster, aquí Silvano. ¿Está con los otros?

–Sí.

–Pues no diga mi nombre y si puede aléjese.

–¿Por qué?

–Haga lo que le digo, por favor. Confíe en mí.

La respuesta llega al segundo. Ahora la voz suena algo intrigada.

–Espera.

Oigo el ruido de una silla que arrastran, ruido de pasos, una puerta que se abre.

–Ya estoy solo. ¿Qué hay, Silver?

–Tengo que hablar con usted. Antes del partido. Es una cosa muy importante.

–Dime.

–No, no quiero hablar por teléfono. Tenemos que vernos, a solas. Pero créame, es muy importante.

Recalco el *muy* con toda la angustia que siento. Mi interlocutor se hace cargo. Di Risio conoce mi historia, hablamos una vez, en el autobús, durante un partido en casa. Entiende lo que he vivido, lo que he hecho y cómo lo he pagado. Sabe que no soy de los que actúan a la ligera y que acostumbro dar a las cosas la importancia que tienen.

–Bien. Ya he anunciado la alineación. Dentro de tres cuartos de hora puedo estar en el estadio, tampoco es que tenga hambre. Nos vemos en mi vestuario.

–Hasta luego, pues.

La comunicación se corta del otro lado de la línea.

Me lo imagino mirando un momento el móvil con aire pensativo. Y luego reuniéndose con los jugadores como si nada. Cuando hablemos creo que entenderá lo mucho que me ha costado hacer esta llamada.

Meto la marcha y arranco. El tiempo de la indecisión ha terminado.

Salgo del aparcamiento y recorro la calle en sentido contrario. Al final llego al cruce. Tuerzo a la izquierda y veo ante mí el estadio, a cuyas puertas hay ya varios grupos de aficionados esperando a que abran. Pero, en vez de entrar en el aparcamiento y dirigirme a la entrada de vehículos, bordeo el campo y lo dejo atrás.

Conduciendo, meto la mano en el bolsillo de la camisa. Ahí sigue el papel, arrugado y acusatorio. No hace falta que lo saque y lo despliegue. Sé lo que dice. Palabras que ya me sé de memoria, escritas con una letra apresurada y angulosa.

La cuota definitiva podría llegar a 10. Nos vemos el martes después del entrenamiento en la explanada del cementerio y me dices cuánto pones. L.

Ciertas cosas se descubren siempre de una manera banal. Y caen sobre nuestra vida como una gota de lluvia que creciera hasta el diluvio. Es la historia del caballo que perdió el clavo y después del clavo la herradura, con lo que el general perdió el equilibrio y el ejército al guía y el rey la batalla y al final la guerra. Una guerra perdida por culpa de un clavo. Cruces, combinaciones, malos propósitos, buenas intenciones, todo metido a hervir en el caldero del azar, que es tan grande que contiene todo el mundo y bajo el cual el fuego nunca se apaga.

Vivo en un chalé de dos pisos, con un jardincito. Nos lo compramos mi mujer y yo, con mi sueldo y con lo que ella ganaba cosiendo en casa, ingresos regulares que nos permitían pagar la hipoteca. Una casa modesta, cuadrada, de ladrillo visto y un tejado normal a cuatro aguas. Pero en el jardín crecían las flores de Elena y yo recordé lo útil que es cultivar un huerto, la única herencia que me dejó mi padre. Desde que murió mi mujer he seguido cuidando las flores por ella, pero los tomates y los calabacines han dejado de interesarme.

A unos pasos de la puerta trasera, bajo un techo adosado al muro que rodea el chalé, está el bidón de la basura. A veces los gatos callejeros, atraídos por el olor de las sobras, lo vuelcan y con las uñas abren las bolsas de plástico. Y así me encuentro el contenido esparcido por el suelo y con la poco agradable tarea de recogerlo.

Eso pasó. El caballo que perdió el clavo y luego la herradura...

Mientras limpiaba la última trastada de gatos desconocidos e hijos de desconocidos, que con gusto habría capado en aquel momento con mis propias manos, mi mirada recayó en ese papel arrugado y manchado de salsa. Lo cogí y cuando lo leí me asaltó una sensación de vacío, la misma que sentí la mañana en que abrí la puerta y en el vano vi a unos policías de uniforme que me preguntaban si era Silvano Masoero.

Lo siento, pero tiene que acompañarnos...

Creía que eran las únicas palabras que no olvidaría en la vida.

Me equivocaba.

Aquel día estaban también las del papel.

Fui al sótano, donde en su día me monté un pequeño gimnasio y donde aún tengo los aparatos de entrenamiento. Me planté ante el saco y la emprendí a puñetazos con él hasta que me quedé sin aliento y los brazos me dolieron.

La tarde siguiente, en el campo de fútbol, durante el entrenamiento y después de él, me fijé en quién hablaba con mi hijo. Espiaba un gesto, una palabra, una mirada. Me preguntaba quién podía ser, esperando al mismo tiempo que no fuera verdad lo que el mensaje del papel daba a entender. En caso de que fuera algo sucio, poco consuelo era que al menos hubieran tenido la vista de no fiarse del móvil, el único modo seguro de que los descubrieran. Pero en aquel momento aún no sabía que quienes estaban detrás de aquello era gente de mucha vista y pocos escrúpulos.

Cuando terminó el entrenamiento, pasé al vestuario y, en silencio como siempre, haciéndome el desinteresado, empecé a recoger las camisetas y pecheras que se habían dejado en los bancos. Vi a Bernini, el primer portero, acercarse a Roberto, que acababa de salir de la ducha. Con la excusa de recoger las toallas del perchero que tenían delante, me acerqué a ellos. Bernini habló en voz baja y no entendí lo que dijo. Mientras se secaba, Roberto se volvió a la pared, pero yo pude ver que le enseñaba tres dedos.

Y me dices lo que pones...

Tres.

¿Trescientos mil?

¿Tres millones?

De pronto la venta de la casa y del coche tenía una explicación mucho más verosímil que la que me había dado. El negocio no era lo que mi hijo había sacado de la venta, sino lo que esperaba ganar apostando por la victoria del adversario, que partía claramente como perdedor.

Como perdedor al punto de tener en contra una cuota de 1 contra 10.

Cuando salió, lo seguí. Ahora, con mi monovolumen, no era difícil seguir su utilitario rojo. Y, mientras, reflexionaba con toda la velocidad y el frenesí que la mente me permitía. La *L.* de la nota no podía ser Bernini, cuyo nombre de pila es Giacomo. Además, ¿por qué escribirse notas, si se veían todos los días en el campo y podían hablar cara a cara, como acababan de hacer? Lo mismo podía hacer con cualquier otro jugador del equipo.

La persona en cuestión debía de ser uno de los que movían los hilos del cotarro, alguien ajeno al equipo que podía colocar las apuestas sin riesgo para los jugadores.

Conducía con lágrimas en los ojos, sin tener siquiera el alivio del limpiaparabrisas sino sólo el mucho más infantil de las mangas de la camisa. Me mantenía a distancia, para que no me viera, y sin temor a perderlo, porque sabía bien adónde iba.

Al cementerio.

Y esta vez no llevaba ramo de tulipanes.

6

Sigo por la carretera. Es la misma por la que seguí a Roberto hace unos días, antes de que el mundo se me viniera definitivamente encima. Llego a la explanada del cementerio. No hay muchos coches, dado el día que es y sobre todo la hora. Hoy no tengo que esconderme, como hice la otra vez. Aquel día esperé a que Roberto doblase la esquina y aparcara en el lado izquierdo. Entonces tomé la carretera que rodea el cementerio y llegué a la entrada por el otro lado, el menos frecuentado, en el que hay un terreno que linda con un campo de trigo. Allí sólo aparcan coches el día de Difuntos, cuando todo el mundo parece acordarse de pronto de sus muertos porque así lo dictan los cánones conmemorativos. La melancolía ritual de Todos los Santos, la alegría forzada de Nochevieja o Carnaval.

Cuando todo debería ser y, sin embargo, casi nada es.

Llegué a la esquina, detuve el coche y me apeé.

Me asomé.

Nadie.

Volví al coche y me dirigí a la esquina opuesta para hacer lo mismo. Recorriendo el paseo vi en el muro de la izquierda una pintada escrita con spray.

¡ÁNIMO, VESUBIO! ¡ÁNIMO, ETNA!

No tenía ni tiempo ni cabeza para pensar en el estro racista de aquel desconocido idiota. Seguí adelante e hice los mismos movimientos. Me asomé a la esquina y vi, a unos diez metros, un Mercedes negro, largo y brillante, y junto a él, del otro lado, el pequeño Opel de Roberto, aparcado de manera que tapaba lo más posible a las tres personas que había dentro del vehículo grande. Dos estaban sentadas en los asientos delanteros, la tercera en el trasero, en medio, y se inclinaba hacia delante para seguir mejor la conversación.

La ventanilla del conductor se abrió y vi una colilla caer al suelo. Enseguida se cerró, y las imágenes se confundieron con el reflejo del cielo. No pude verle la cara a la persona. Lo único que advertí es que llevaba una gorra como las de béisbol, azul y con la visera roja.

Me quedé observando, en la misma postura, no sé cuánto tiempo. Una hora, un año, siempre. Habría dado lo que me quedaba de vida por oír lo que estaban diciendo, sin reservarme más que el tiempo de convencer a mi hijo para que no cometiera estupideces.

De pronto las portezuelas del otro lado se abrieron. Roberto se apeó y le dejó el asiento delantero al otro, que debía de habérselo cedido para que mi hijo fuera el centro de atención. Desde donde estaba pude verle bien la cara. Por suerte, y aunque para leer tengo que usar gafas, de lejos aún veo perfectamente. Lo reconocí al instante y de pronto me sentí como si hubiera estado pegando al saco, sofocado y con el corazón palpitando.

Me retiré y me apoyé en la pared, con las piernas como flanes. Me asaltaron mil sensaciones, movimientos, miedos, desasosiegos, soledades. Cosas que creía olvidadas acudían, movidas por la angustia, a mi memoria como si hubieran sucedido el día anterior.

Porque todo estaba sucediendo de nuevo, ante mis ojos.

Ha pasado tiempo, mucho tiempo. Ese hombre ha envejecido, como he envejecido yo, por cierto. Pero sigue teniendo un cabello tupido y la cara no le ha cambiado, aparte de alguna arruga de la edad y quizá del exceso de alcohol o cocaína. Sigue dando la impresión de que, por mucho que se lave, nunca convencerá al mundo de que está limpio.

Seguí pegado a la pared hasta que oí, primero una y al poco otra, dos portezuelas que se cerraban, los motores que se ponían en marcha y su ruido que iba alejándose hasta perderse a lo lejos en el tráfico. Subí al coche y estuve dando vueltas por la ciudad, fumando y pensando, incapaz de creer pero a la vez obligado a rendirme a la evidencia.

Hoy no tengo problemas y puedo aparcar a la misma entrada, sobre la cual la sabiduría de una frase latina nos recuerda que en el mismo sitio están los pobres y los ricos.

Miro la hora. Aún queda mucho para la cita con Di Risio. El tiempo nunca pasa como querríamos. A veces vuela, otras transcurre lentísimo. Otras sencillamente pasa, cuando querríamos detenerlo.

En el quiosco de flores compro tulipanes. La florista me conoce y me prepara las que siempre me llevo, sin necesidad de hablar. Pago lo que debo sin que intercambiemos una sola palabra. A esto también está acostumbrada. Sabe, sin embargo, quién soy y quién es mi hijo, y quizá hoy querría decirme algo del partido, que le haga un pronóstico, una indiscreción. Porque el acontecimiento de hoy afecta a toda la ciudad, incluidos aquellos a los que no les interesa el fútbol.

Pero mi cara debe de resultar muy poco comunicativa, porque la mujer se limita a decir una cifra y a cobrarla, y me lanza por detrás un «Que tenga un buen día» que sólo oigo a medias.

Camino rápido y poco después me hallo ante la tumba de mi mujer. La grava rechina anunciando mi llegada a quien no puede oírla. Me paro ante la lápida. Hoy la posición del sol no permite que la sombra nos una. Siento necesidad de alargar una mano y tocar la foto, para sentirla cerca.

Sólo un instante, tras el cual la mano vuelve a ser sólo mía.

Elena dijo muchas veces, cuando hablábamos del tema, que quería que la enterraran en la tierra. En vida procuré siempre darle gusto, intentando adivinar sus deseos, pues nunca me pidió nada. Me pareció normal complacerla en lo único que manifestó expresamente.

56

Los tulipanes del jarrón se han marchitado. Empieza el calor y es una locura tener la pretensión de poner flores frescas. Pero nunca he soportado la suficiencia de las flores artificiales, que siempre están bonitas y por eso mismo nunca lo son.

Cojo las flores viejas y voy a tirarlas al contenedor. Cerca hay un grifo. Lleno el jarrón de agua y coloco las flores frescas.

Esta vez son todas mías.

Pongo el jarrón en la losa, me yergo y contemplo la cara serena de mi mujer, dulce y sonriente en la foto. Ahora es mucho más joven que yo, porque ella ha detenido el tiempo, aunque del peor modo. Perdiendo el suyo y obligándome a mí a vivir de más.

–Hablé, pero no sirvió de nada.

Esta frase me ha salido de los labios casi sin querer. Se refiere a la conversación que tuve con mi hijo al día siguiente de verlo en el cementerio con aquel hombre. Lo esperé en casa sentado en mi sillón, delante de la tele que miraba sin ver. La puerta se cerró dando otro golpe en mi pecho. Apareció en el umbral, con un bolso. De algún modo comprendió que lo esperaba. En su saludo había un deseo de saber por qué.

–Hola, papá.

–Hola.

Dio un paso hacia mí. Apagué la televisión.

Decidí que había que ir al grano, sin marear la perdiz.

–¿Qué intenciones tienes? O, mejor, ¿qué intenciones tenéis?

—¿A qué te refieres, papá?

Una sombra de sospecha.

—Te vi con ese hombre, ayer por la tarde.

La sospecha se convirtió en alarma.

—¿Qué hombre?

Recalqué bien las palabras.

—Luciano Chirminisi. En el cementerio.

Roberto se demudó. Por mi expresión comprendió que lo sabía todo. Se quedó mirándome y en sus ojos había un montón de preguntas que querría ver contestadas. Pero las mías eran más urgentes y más importantes.

—¿Cuántos estáis metidos? Del equipo, me refiero.

Roberto dio un suspiro. Luego dejó caer el bolso y se volvió.

—No te metas, papá.

Me acerqué a él, lo cogí de un brazo y lo giré a la fuerza.

—¿Que no me meta?

Alcé la voz, porque estaba enfadado con él y con el resto de la humanidad.

—¿Que no me meta, me dices? ¿Os habéis vuelto locos? ¿Queréis acabar en la cárcel?

Roberto me miró un momento y luego sonrió con sorna. Me señaló con un rápido ademán.

—¡Mira quién habla!

Me lo esperaba. Llevaba toda la vida esperándolo. Por eso no me sorprendió.

—Precisamente porque he estado en la cárcel no quisiera que fueras tú. Ni que te pierdas, jugándote tontamente todo lo que posees.

Me alejé un paso. Él miraba a la mesa, con la cabeza gacha.

–Casi me tragué lo del buen negocio que hiciste vendiendo la casa y el coche.

Hice una pausa para recobrar el aliento. Luego, casi sin querer, cambié de tono.

–¿Por qué quieres tirar por la borda todo lo que has conseguido? La carrera, los...

Me interrumpió. Esta vez alzó él el tono de voz, casi con rabia.

–¿De qué carrera hablas, papá? Soy un jugador de segunda división. Por alguna razón que no me explico, estoy teniendo una buena racha. Pero eso es todo. No hay futuro. Si el equipo pasa a primera, ¿qué crees que va a cambiar? Nada, nada cambiará.

Me dio tiempo a asimilar el significado de lo que estaba diciendo.

–Miremos la realidad a la cara. Nunca seré ni Messi ni Cristiano Ronaldo ni Del Piero. Seguiré con el mismo fichaje, el de un buen futbolista casi al final de su carrera. Con la perspectiva de abrir un restaurante cuando me retire, y llamarlo por ejemplo El Grinta.

Ahora hablaba excitado. No sé si para convencerme a mí o para convencerse a sí mismo. Tenía miedo y se veía.

–Con este negocio puedo embolsarme treinta millones de euros. Es una cifra que soluciona la vida.

Contesté lo que sabía desde siempre. Algo que nunca me he perdonado.

–También una condena soluciona la vida. ¿Has olvidado lo que has vivido conmigo?

Roberto negó con la cabeza.

—No lo he olvidado. Y estoy seguro de que tú tampoco lo has olvidado. Por eso sé que no me denunciarás. Porque no quieres que yo pase por lo mismo.

Se acercó y me habló en el tono que emplean los viejos amigos.

—Vamos, papá. Treinta millones es mucho dinero.

Hizo una pausa, antes de matarme.

—Si quieres puedes llevarte una parte.

El puño salió disparado por reacción al dolor. Por suerte pude detenerlo a un centímetro de su cara. Roberto se quedó un instante como petrificado.

Luego me miró como si no me conociera y dio un paso atrás.

Dos.

Por último dio media vuelta y por el pasillo se dirigió a la puerta.

Antes de salir me lanzó una última mirada y un aviso.

—No hagas tonterías, Silver.

Me dejó solo y en aquel momento lo único que deseaba era estar donde estoy ahora, ante la tumba de mi mujer. Miro de nuevo la hora. El tiempo vuelve a transcurrir a su ritmo y tengo que irme. Ir a la cita más difícil de mi vida.

Miro una vez más la foto de la lápida.

—Ayúdame.

Lo digo con un hilo de voz. Es lo único que acierto a decir. No tengo a nadie a quien rezar, pues nunca he creído en Dios. Pero toda mi vida he creído en Elena.

7

Ahora hay muchos más coches en el aparcamiento del estadio. También hay autobuses y otros que van llegando. Las puertas están abiertas y las controlan los empleados. Ante la taquilla se ha formado una pequeña cola de gente que busca una entrada ya agotada. La importancia del partido ha atraído incluso a los revendedores, que identifico por el paso ocioso y por el modo en que abordan a la gente. En los puntos estratégicos hay furgones que venden bebidas y bocadillos y algunos puestos de venta de objetos de recuerdo, con banderas y camisetas del equipo local que cuelgan de las varillas de los quitasoles. Muchas de ellas llevan en la espalda el número 21 y dicen EL GRINTA.

Esta sensación de expectación, de preparación, de tensión a punto de explotar con un grito, era lo que hacía grandes los partidos del domingo. Una especie de prolongación del sábado del pueblo, que daba a la fiesta un resto de efervescencia. Iba bien, iba mal, no iba. Pero el lunes se volvía a la normalidad de la vida diaria. Ahora puede ocurrir que tenga uno un domingo que pasar y al mismo tiempo el peso de cosas que recriminar.

Y a veces hasta se pone a llover.

Me acerco a la verja de la entrada de vehículos. Desfila por mi lado un grupo de muchachos que, en fila india y con orgullo de barrio, llevan una pancarta ya desplegada. En la tela blanca se lee, en letras rojas mayúsculas escritas con spray:

OLTREPONTE FAN CLUB

Me detengo ante la verja. Un empleado me ve y viene a abrirme. Me reclino en el asiento y enciendo un cigarrillo. Pienso en los chavales de la pancarta. Los recuerdos tardan mucho en desaparecer. Pero afloran con nada. Una voz, un sonido, una imagen, un perfume, un olor.

Una fracción de segundo y me hallo en el lugar donde me crié.

En mi barrio los buenos modales no existían. No en el sentido canónico del término, al menos. Cuando uno tiene ganas de orinar, debe recorrer un balcón y pasar por delante de tres o cuatro puertas para ir al baño, la confianza es un derecho con el que se nace. El váter une a los seres humanos más que las ideologías. Las familias tenían el sentido de colaboración de las ratas atrapadas en una trampa, por culpa de una situación que todos vivían: la dificultad crónica de llegar a fin de mes.

Mis padres eran obreros en una época difícil, en la que no había tantas garantías como hoy. Con todo, en casa entraban dos sueldos y no nos las arreglábamos mal. Además, el bueno de Gino Masoero tenía su huerto y mi madre, haciendo malabarismos con los turnos de la fábrica, trabajaba por horas en algunas casas del centro.

Lo único malo es que yo nunca veía a mis padres. Me crió mi abuela materna, que vivía en el mismo edificio, en dos habitaciones que daban al patio. Era una mujer menuda, seca, un crocante para ogros. Calzaba el treinta y cuatro y cuando se sentaba en una silla los pies no le llegaban al suelo. Apenas acabó la enseñanza primaria. Tardé años en darme cuenta de que era coja. Simplemente no me planteé cómo caminaba mi abuela.

Era mi abuela y punto.

A veces, en las tardes de invierno, nos poníamos delante de la ventana y me leía tebeos. Me gustaban los de Supermán, al que entonces se conocía en Italia con el nombre de Nembo Kid. A mi abuela le costaba distinguir entre la ene y la eme e ignoraba por completo la existencia de la ka. Hasta que empecé a ir a la escuela me crié oyendo llamar a mi héroe preferido Membo Rid.

Pero para el lugar en el que vivía, lo mismo daba.

Iba a la escuela del barrio y era un niño como cualquier otro. Quizá algo menos aplicado, algo más vivo y mucho más peleón. Resolver los conflictos a puñetazos era, para los niños de Oltreponte, una especie de ley de la jungla no escrita pero no por ello menos vigente. Si a uno le daban una leche, tenía prohibido quejarse a los padres.

Por dos razones.

La primera era que así contravenía una especie de código de honor. La segunda, y mucho más importante, era que así podía llevarse otra leche del padre.

Los problemas llegaron cuando empecé a estudiar secundaria, porque tenía que ir al centro y cruzar el puente, que separaba dos culturas.

A un lado existía igualdad social. Al otro, el mundo verdadero.

Me di cuenta de que en la ciudad había otro tipo de chavales, hijos de notarios, de médicos, de abogados, de comerciantes. Que todos los días iban a la escuela en coche y no era un Seiscientos de tercera mano comprado a plazos. Que los pantalones cortos que llevaban eran de estilo inglés, que llegaban a la rodilla, como se veían en las películas de Freddie Bartholomew. Que las chicas eran guapas con aquella ropa que compraban en las tiendas de via Dante y no en el UPIM o a una señora que pasaba con un carro por el barrio.

Sólo tenía un modo de no sentirme inferior.

Pegar a todo el mundo.

No recuerdo las veces que crucé el puente con la vista clavada en el suelo del coche de un desconocido, acompañado por el director del centro, un guardia urbano o el padre de algún chaval al que había dado un repaso. En casa, mi padre me pegaba y mi madre lloraba. Yo no profería una sola queja ni derramaba una sola lágrima.

Eso también era una especie de código de honor. Personal, esta vez.

Me gané fama de malo, de tipo poco recomendable, de esos que de mayores acaban mal. Mi abuela se paseaba por la casa cojeando y con su voz quejumbrosa me decía que sería la perdición de la familia. Mi padre comía y no decía nada. Nunca dijo nada en toda su vida.

Yo estaba solo y me iba al río.

Había sauces y lo que en dialecto llamábamos *bisún*, que era una especie de arbusto. Me había fabricado una caña de pescar con un bambú y un hilo de nailon. Lanzaba el anzuelo al centro del río y sujetaba la caña con piedras, para que el hilo quedara bien tenso. Cuando un pez picaba, lo sacaba notando la caña vibrar en las manos, y era como abrir un regalo de Navidad, hasta que el cacho, el barbo o la carpa salían del agua y yo descubría lo que era.

Por la noche mi madre lo cocinaba y mi padre dejaba escapar una de sus pocas sonrisas y decía que estaba bueno y nos felicitaba a mi madre y a mí. Aquellas noches me sentía bien pero no eran como las tardes que pasaba sentado en una roca, junto al agua que corría y a la sombra fresca de los sauces, mirando fijamente un hilo que se confundía con las nubes.

El ruido de la verja que gira sobre sus goznes me devuelve al presente. Soy Silvano Masoero, alias Silver, tengo más de sesenta años, soy un ex boxeador y he estado en la cárcel. He de jugar un partido y tengo que jugarlo bien, porque soy el único que lleva las de perder.

Suelto el embrague y franqueo la verja, que se cierra a mis espaldas. Cruzo la explanada en la que aparcarán los periodistas, paso la entrada de los Visitantes, la de los árbitros y llego a nuestro vestuario.

Hay unos coches bajo la marquesina.

El del míster aún no está.

Andrea, uno de mis ayudantes, me espera de pie en la puerta. Es un muchacho alto, robusto, con los ojos un poco hundidos y una mata de cabellos que parecen alambres. Se perciben las huellas de una ligera acromegalia, que acentúa la impresión de vigor que da a primera vista. Ahora él es el fuerte que no toca las pelotas.

Paro ante él. Bajo del coche y corro la portezuela. Su saludo se confunde con el ruido del panel al correr por las guías.

–Hola, Silver.

Andrea tiene una voz baja y gutural. Cuando se pone nervioso o se excita, se atasca un poco al hablar. La naturaleza se paró un instante antes de hacerlo tartamudear. Mis otros subordinados se reían de él cuando empezó a trabajar con nosotros. Un día los reuní y les expliqué que podía sustituirlos a todos en cualquier momento, pero que Andrea me era indispensable. Desde entonces no volvieron a meterse con él.

–Hola, Andrea.

–¿Has visto a los muchachos? ¿Cómo está Roberto?

–No, no los he visto. He preferido no ir al hotel. Mejor dejarlos tranquilos.

Andrea es el mejor fan de mi hijo y uno de los mayores hinchas del equipo. Pero no puedo explicarle por qué no he ido al Hotel Martone. Lo que le he dicho parece bastarle.

–¿Ha llegado ya Liborio?

–Sí, está cambiándose.

66

Liborio Sciascia es otro de mis ayudantes. Estará en el vestuario poniéndose el chándal del equipo, que es el que todos llevamos en los partidos. Y la pechera que nos identifica en el campo y por la que los jugadores nos reconocen.

–Llámalo y podéis ir descargando. Me cambio y os ayudo a colocar las cosas.

Colocar las cosas significa disponerlo todo para que los jugadores lo tengan a mano en las taquillas cuando se cambien. Camiseta, pantalones, calcetines, espinilleras, botas, toallas. El material de reserva lo tenemos preparado nosotros, por si durante el partido alguien tuviera que cambiarse de camiseta o calcetines.

Dejo a Andrea y enfilo el pasillo que lleva al vestuario propiamente dicho. Cruzo la Arena, la zona en la que se sitúan, a un lado y otro, los periodistas al terminar el partido para hacerles preguntas a los jugadores cuando pasan. Esta circunstancia me recuerda siempre esas pruebas de fuerza que se ven en las películas del Oeste, en las que alguien tiene que correr entre dos filas de guerreros piel roja que lo golpean con palos.

Antes de cambiarme sigo una vieja costumbre que tengo.

Como hacen los jugadores, antes de entrar en el vestuario voy a ver el terreno de juego.

Salgo del túnel y, de un vistazo, abarco todo el estadio. El rectángulo verde es un circo que espera a los gladiadores. La gente de la grada no tiene poder para decidir nada. No valen los pulgares hacia arriba ni hacia abajo. De las veintidós figuras de colores que hay en el campo depende el destino de los espectadores.

En el estadio no hay mucha gente. Aún falta para que empiece el partido y los que tienen entrada segura se lo toman con calma. Sin duda hay gente que trabaja los sábados que ha pedido el día libre para no perderse el acontecimiento.

En el graderío sur los de Oltreponte ya están colocando la pancarta. Levanto los ojos al cielo, azul y límpido. Dentro de poco aparecerá por algún sitio el helicóptero de Martinazzoli, quien no pierde ocasión de hacer ostentación de su riqueza y demostrar que es el amo. Sólo le disputará el escenario una nubecilla, que ha aparecido como de la nada y ahora flota justo encima del estadio, solitaria y blanca.

8

Dejo el estadio a la gente que llega y al rito que se oficiará en el terreno de juego. Recorro de nuevo el pasillo camino de nuestro pequeño vestuario. El ambiente va animándose. Me cruzo con Schenetti, el masajista del equipo. Fornido, de cuello robusto, rapado al cero, con músculos que revientan la camiseta de manga corta. Su aspecto lo convierte en la imagen misma de su trabajo.

–Hola, Silver. ¿Estás preparado?

Le sonrío y finjo un entusiasmo que no siento.

–Preparadísimo.

Él me posa un puño en el hombro y bromea.

–Hoy primera división o muerte.

–Obedezco.

Contesto a Schenetti con reminiscencias patrióticas y entro en el vestuario.[1] Empiezo a desvestirme para po-

1. «Obedezco» es lo que, fiel a su sentido de la disciplina, contestó Giuseppe Garibaldi al final de la tercera guerra de independen-

nerme los pantalones del chándal y la camiseta que me identifican como miembro del personal. Y, mientras, pienso en los azares de la vida. El tío del masajista, profesor mío de instituto, fue una de las personas más importantes de mi vida, signifique esto lo que signifique.

Al terminar la enseñanza secundaria me matriculé en el instituto técnico industrial, porque se aprendía un oficio y se salía con «un papel», como llamaban mis padres al diploma de ingeniero. A mí cualquier cosa me parecía bien, porque todo me importaba un bledo. El Guglielmo Marconi era un centro algo más popular, porque los muchachos de alta cuna, como yo los llamaba, por *noblesse oblige* o por tradición familiar, habían optado por el instituto clásico o el científico.

Pero para mí las cosas no habían cambiado mucho. El ambiente no significaba nada. Mi carácter no toleraba atropellos, abusos. Ni siquiera toleraba que murmurasen a mis espaldas.

La reacción siempre era la misma. A veces reñía con muchachos mayores, que me zurraban a base de bien. Pero yo no me daba por vencido, no lloraba, sólo me dejaba llevar por la rabia, que antes o después me permitía dar un buen golpe, aunque lo pagaba con creces.

Los únicos que querían ser mis amigos a mí no me interesaban.

---

cia italiana (21 de julio de 1866) cuando recibió la orden de retirarse del territorio recién conquistado a los austríacos, que abría el camino hacia Trento. *(N. del T.)*

Los estudios iban así así. Aunque por los pelos, aprobaba. Mis padres habían perdido las esperanzas de comunicarse conmigo. Yo había perdido las ganas de comunicarme con ellos.

Nos conformábamos con lo que había. Poco o nada.

Los profesores me miraban con temor, con desconfianza, con abierta aversión. Mi bestia negra era el profesor Ruggero Schenetti, de química, un hombre alto y gordo que no perdía ocasión de subrayar lo reprobable que era mi comportamiento. Una vez que me presenté en clase con la cara marcada por una pelea, me llamó «el abominable hombre de Oltreponte». Llevé ese mote mucho tiempo, aunque nadie se atrevía a decirlo en mi presencia.

La única persona con la que me llevaba bien era la profesora Lusini. Era una mujer muy guapa, alta y esbelta, de labios carnosos y ojazos azules. Creo que a ella se debieron muchísimas rabiosas masturbaciones de sus estudiantes, yo incluido. A veces la sorprendía mirándome de un modo raro, y cuando me hablaba era amable, como si yo fuera un muchacho sin problemas, como todos los demás.

Hasta que un día, en cuarto, ocurrieron, con pocas horas de diferencia, dos cosas.

Nada más salir de clase, me fui a pescar, aprovechando que era un día de primavera que parecía la respuesta de la naturaleza a las miserias humanas. No pesqué ni un pez. Esto, por lo general, me ponía de mal humor, pero aquel día me sentía tan bien y en paz que no me importó. Cuando me iba vi un coche aparcado en medio de una chopera. Dejé la caña y me acerqué escondiéndome en los árboles. Pude aproximarme tanto que vi a los ocupantes.

Eran una pareja abrazada. La mujer estaba reclinada en el asiento con las tetas fuera y el hombre se las besaba. Ella tenía los ojos cerrados pero por la ventanilla abierta la reconocí perfectamente. Era la mujer del profesor Schenetti, que tenía clase esa tarde. Me quedé mirando hasta el final aquel polvo que era, además de un placer para los protagonistas, una venganza personal contra mi verdugo.

Luego me fui como había venido, sin que me vieran.

Al día siguiente, en la escuela, acababa de sonar el timbre del recreo y habíamos salido todos. El pasillo estaba lleno de estudiantes y de profesores que iban a su sala.

Medio mundo, vamos.

Noté que me agarraban del pelo por detrás. Oí la voz de Schenetti.

–Aquí tenemos al abominable hombre de Oltreponte. Ve a cortarte ese pelo si no quieres que te lleve yo al peluquero.

Cuando me soltó me volví. La respuesta fue un silbido de serpiente.

–En vez de llevarme al peluquero vaya a ver lo que hace su mujer.

Todos lo oyeron. Schenetti era un profesor, pero también un ser humano. Perdió los estribos. Me soltó un bofetón en la cara. El oído empezó a silbarme y por una fracción de segundo se me fue la vista.

Respondí con un puñetazo, instintivamente. Lo alcancé en plena barbilla. Oí el ruido de dos dedos que se rompían, pero no sentí dolor. El dolor vino luego. En aquel momento me quedé fascinado por la expresión que puso el profesor Ruggero Schenetti: torció la boca y puso los ojos en blanco. Acto seguido las piernas le flaquearon y cayó al suelo sin conocimiento.

Miré alrededor. Se había hecho un silencio que sólo años después pude comparar con el que reina en un barco de guerra cuando la batalla ha terminado. Al cabo una chica empezó a chillar y muchos de los muchachos se echaron a reír. La Lusini me miraba con los ojos brillantes y el pecho fatigoso, como si le costara respirar.

Los profesores ordenaron a los alumnos que entraran en clase antes de que terminara el recreo. En cinco minutos llegó el director y en quince la policía. El profesor se recuperó, gracias a una copiosa inhalación de sales llegadas inmediatamente de la enfermería. No consideró pertinente presentar denuncia, creo que por miedo a que en algún lugar público se tratasen más por extenso los movimientos de su mujer mientras él daba clase.

Incluso me pidió perdón por haberme pegado.

Yo me sentía contento. Fue el primer knockout de mi vida y la sensación fue maravillosa, aunque me costó dos dedos escayolados. El director no pensaba lo mismo y me expulsó del instituto. Cuando la noticia se supo en casa, mi madre rompió a llorar. Mi padre no me pegó. Hacía tiempo que no me pegaba y creo que, después de lo que había oído de mí, me tenía miedo.

Mientras decidían qué hacer conmigo, me iba a pasar el rato al río o me ganaba unos cuartos limpiando los cristales de los coches que paraban en la estación de la BP que había en la avenida. Una tarde estaba leyendo un viejo tebeo de un héroe volador que por fin se llamaba nuevamente Nembo Kid, cuando oí el timbre.

Abrí la puerta y me hallé frente a un hombre alto, de pelo blanco, con una pipa en la boca. Era el profesor Mosso, de educación física.

–Hola, Masoero.

–Buenos días, profesor.

No me pidió que lo invitara a entrar. Toda la conversación discurrió allí, en el umbral.

–Sólo dos palabras. Estaba en el pasillo el otro día y vi lo que pasó con el necio de Schenetti.

Yo guardé silencio. Me preguntaba qué quería.

Me sonrió.

–Tienes una derecha que es pura dinamita. ¿Has pensado alguna vez en dedicarte al boxeo?

Así empezó todo.

Me puse en manos del dueño de un gimnasio de via del Doge, un ex boxeador llamado Nino Manina. Lo vi conferenciar con el profesor Mosso, mientras yo esperaba de pie, con las manos en los bolsillos, mirando con curiosidad lo que allí había. El ring, el saco, la pera, varias clases de punching ball y otros utensilios cuyo uso ignoraba pero que con el tiempo me serían familiares.

Hice una prueba, que consistió en pegar con las manos descubiertas las protecciones acolchadas que cubrían las manos de Manina. Cuando me quedé sin aliento me dijeron que parara. La mirada que intercambiaron fue muy elocuente.

Empecé a entrenarme sintiendo que por fin había encontrado aquello para lo que había nacido. Pegaba y esquivaba, esquivaba y pegaba. En el saco veía la cara de todos aquellos con quienes me había peleado, con razón o sin ella. Por fin un día subí al ring. La cosa terminó a los pocos segundos. Mi rival yacía en el suelo y yo había ganado. Combatí varias veces en júnior, ganando siempre. Luego pasé a la siguiente categoría y seguí arrasando.

Me hice famoso en la ciudad. Era Silvano «Silver» Masoero, una pequeña leyenda. En todos mis combates las entradas se agotaban. De pronto tenía amigos, gente que siempre lo había dicho, chicas que en los combates me miraban con ojos lánguidos y una excitación histérica. Incluso un día, después del entrenamiento, me encontré a la profesora Lusini esperándome en la puerta del gimnasio. Me llevó a su casa y supe, tumbados en la cama, que el día que golpeé a Schenetti le produje el estímulo sexual más intenso de su vida.

Mi vida cambió. Nino, que era una persona honrada, me confesó que no podía hacerse cargo de un talento como el mío. Me presentaron a dos hermanos propietarios de un gimnasio en Milán que representaban a boxeadores profesionales, Alessandro y Giuseppe Messina. Pasé bajo su protección y peleé unos cuantos combates, sin perder más que una vez. Tenía un porcentaje de victorias por knockout del sesenta por ciento. Hasta que llegó el día maldito. Tenía que disputar un combate en Perugia. El que venciera se enfrentaría al campeón de Italia. Yo me entrenaba yendo y viniendo de Milán, y ese día me abordaron dos hombres, uno de unos cincuenta años y el otro un joven quizá unos años mayor que yo. Ya los había visto por el gimnasio y entre el público de algún combate mío, pero nadie me los había presentado. Me llevaron a cenar a un restaurante del centro y empezaron dando rodeos. Primero felicitándome. Que si mi derecha, que si mi jab, que si mi juego de piernas. Dijeron luego que un boxeador, por los riesgos que corría, tendría que ganar mucho más, que no era justo que les partieran la cara por cuatro perras.

Por último fueron al grano.

En aquel combate yo era claramente el favorito. A mi adversario le daban 1 contra 7. Podía ganar varios millones sin perjudicar mi carrera, si decidía perder el combate.

Millones.

Esta palabra me trastornó. De pronto vi todo lo que podía hacer con aquel dinero. Mi estupidez y mi presunción hicieron el resto.

Acepté y aquél fue mi fin.

El hombre mayor ha muerto y por tanto su nombre no tiene importancia. El más joven sigue llamándose Luciano Chirminisi y es el hombre al que he visto en el cementerio hablando en el coche con mi hijo y con el de la gorra.

Lo pienso y se me crispan las mandíbulas.

No debe ocurrir otra vez, no debe...

Al otro lado de la puerta oigo unos pasos. Y la voz del míster.

—¿Habéis visto a Silver?

La pregunta resuena en mi cabeza como la campanada que da inicio al combate.

Salgo de mi rincón, abro la puerta y voy a combatir.

9

Salgo del vestuario justo a tiempo de ver la figura de Sandro Di Risio entrando en el suyo, al final del pasillo. Cierro la puerta tras de mí y hacia allí me dirijo. Recorro la corta distancia que nos separa como un hombre camino del patíbulo.

Llego a la puerta y llamo. Cuando oigo una voz que dice: «Adelante», me entran ganas de huir a mil kilómetros. Pero giro la manivela, abro y me quedo parado en el umbral. No puede decirse que el vestuario del míster sea lujoso. Ni siquiera puede decirse que sea un vestuario. Es más que nada una especie de camerino al que poder retirarse a pensar, cuando se necesita. O en el que poder hablar cara a cara con alguien. Una taquilla, una mesa redonda, dos sillas, un sofá rojo de piel de imitación que se conoce a dos leguas que es de Ikea. Otra mesa, puesta de través en el rincón de la izquierda, con refrescos y fruta. Al lado, más bien cerca de la entrada, la puerta del baño. En la pared de enfrente, arriba, un tragaluz largo y estrecho que ilumina la estancia. Que debería iluminarla, mejor dicho. Porque es necesario tener siempre la luz encendida para verse bien la cara. Lo sé porque éste era el vestuario del personal antes de que las cañerías del vestuario del entrenador reventasen. Hasta que las arreglen, Di Risio tiene que contentarse con este cuarto y nosotros, pobres desgraciados, con una especie de trastero.

—Buenos días, míster.

Está sentado en el sofá. A su lado hay un folio de papel. Seguramente en él tiene apuntada la alineación. Quizá estaba echándole un último vistazo, preguntándose si sus conclusiones son acertadas, sintiendo todas las dudas y vacilaciones de quien al final tiene que tomar una decisión. Seguramente lo ha dejado ahí al oír que llamaban a la puerta. Me hace seña de entrar y me indica una silla. Lleva el cuello de la camisa abierto y la corbata floja. Está pálido y sudado, y bajo los ojos se le ven dos manchas oscuras. La tensión de estos días debe de estar pasándole factura.

—Pasa, Silver.

Llego a la silla. Me siento. Lo miro. Hay curiosidad en su cara, pero la voz suena ronca, algo afónica.

—Bueno, ¿qué es eso tan importante que tienes que decirme?

—¿Se encuentra bien?

Se frota el pecho con la mano derecha. Su voz desmiente sus palabras.

—Sí, muy bien. Sólo un poco cansado. Dime.

Me reclino en la silla. No pienso andarme por las ramas. No me parece oportuno. Los dos somos zorros viejos.

—Míster, me consta que hay jugadores que se han puesto de acuerdo para vender el partido.

Di Risio guarda silencio unos instantes. Me mira como si yo fuera un fantasma. Quizá no me da crédito a mí, quizá no da crédito a sus oídos.

—¿Qué dices, Silver?

Me temo que tendrá que creernos a los tres.

—Digo la verdad. Tampoco yo me lo creía, pero tengo pruebas.

Me levanto y me acerco a él. Meto una mano en el bolsillo del chándal. Saco el cuerpo del delito.

—Esto lo he encontrado en el cubo de la basura de mi casa.

Le tiendo el papel y dejo que lo lea y lo asimile.

Lo hace y levanta la cara de golpe.

—¿Quieres decir que...?

Deja la frase en suspenso, como con miedo de terminarla. Lo hago yo por él.

—Exacto. Uno de los jugadores implicados es mi hijo.

Mi voz suena en el cuarto como la de Judas cuando aceptó los treinta denarios. Doy media vuelta y vuelvo a mi silla. Apoyo los codos en las rodillas. Me quedo mirando el suelo. Quisiera que se abriera y me tragara. Pero sé que estoy haciendo lo que debo.

—Seguí a Roberto a esa cita. Le pedí explicaciones. Lo confesó todo.

Levanto la vista y miro a Di Risio.

—Me pidió que no me metiera. Pero yo tengo que hacerlo. Y la única persona con la que puedo hablar es usted.

El míster me observa y vuelve a frotarse el pecho con la mano derecha. Conoce mi historia y sabe lo mucho que me cuesta decir lo que digo, hacer lo que hago.

No, solamente lo imagina.

El único que lo sabe de verdad soy yo.

Brevemente le cuento todo, que es mucho y al mismo tiempo poco. Faltan los nombres de los jugadores que están implicados, además de Roberto y Bernini.

Él me escucha y reflexiona. La palidez de su rostro se ha acentuado y no deja de frotarse el pecho.

—Míster, ¿seguro que se encuentra bien? ¿Quiere que llame al médico?

Cuando habla, su voz suena velada y ronca.

—No, no hace falta. Tengo que llamar a Gentile y decirle que venga.

Armando Gentile es su ayudante, el segundo entrenador. Di Risio se levanta, se mete la mano izquierda en el bolsillo de la chaqueta y saca el móvil.

—Hay que cambiar la alineac...

El rostro del míster se contrae con una mueca de dolor. Se oprime el pecho con el brazo izquierdo y crispa la mano en la que tiene el teléfono. Se sienta a plomo, se ladea y cae de costado en el sofá, con el brazo derecho colgando, la muñeca doblada.

Me levanto de un salto llamándome estúpido. No soy médico, pero cualquiera sabe reconocer los síntomas de un ataque al corazón. Tendría que haberlo sabido, haber pedido ayuda nada más verlo. Pero me urgía tanto lo mío que no he dado importancia a su estado.

Me acerco al cuerpo del pobre Di Risio, me agacho y lo incorporo. Con el mayor cuidado me lo echo a cuestas. Era una persona de estatura normal, delgada y fina. Ahora resulta sorprendentemente ligero, al contrario de lo que se dice de un cuerpo relajado. O quizá la fuerza que siento en los brazos y en las piernas me viene de la urgencia y del absurdo de lo que estoy haciendo, y no sólo de las tres sesiones de entrenamiento semanales a las que sigo sometiéndome.

Un pobre viejo nostálgico, que aún no se ha convencido de que se acabó lo que se daba.

Con el cuerpo a cuestas, voy al baño. Franqueo la puerta, teniendo cuidado de no golpear mi desgraciada carga contra el marco. Es lo mínimo que puedo hacer. Me siento culpable con este pobre hombre que se ha muerto antes de ver realizado su sueño. Aunque, si sale bien lo que se me ha ocurrido, a lo mejor aún puedo hacer que se cumpla.

Entro en el cuarto de baño.

Entre los sanitarios y el lavabo hay una puerta que da a un almacén, el mismo que abandonamos tras la visita de los ladrones. Ahora están reformándolo para construir arriba una sala de prensa que sustituya la marquesina en la que se instalan los periodistas. El estadio se cae a pedazos y la llegada, a raíz de los éxitos del equipo en la liga, de otro patrocinador ha acelerado las obras.

La llave está puesta. Siempre lo está, para evitar que alguien que entre del almacén sorprenda a otro sentado en el váter o con la picha en la mano. Abro el batiente metálico y me hallo ante una corta escalera de tres escalones. Los bajo, sintiendo que el cuerpo empieza a pesar un poco más. La puerta por la que acabo de pasar va a ser tapiada. Celebro que la empresa haya decidido dejar esa obra para el final. Quizá es una señal del destino que indica el camino. Espero que este camino no me lleve otra vez a la cárcel.

Cruzo un espacio de unos diez pasos y me dirijo a las escaleras. No hay ascensores para los periodistas. Tienen que sudar la buena vida. Por desgracia, esto significa que tampoco lo hay para mí.

Emprendo la subida, escalón a escalón.

Ahora el cuerpo pesa bastante y me pregunto si no le he pedido demasiado a mi físico. Pero de algún sitio tengo que sacar la fuerza, si no también la muerte del míster habrá sido inútil.

Durante el trayecto una voz en la cabeza me dice que me pare, que haga un alto, que me tome un respiro. Me contesto que no hay tiempo. Como puedo, llego arriba. Me hallo en un recinto amplio, rectangular, con dos pilares que sustentan el techo. Todo es aún indefinido. Huele a cemento y a cal y en el suelo se ven paneles de cartón. Los ventanales que dan al terreno de juego ya están montados, aunque aún se ven manchas de yeso en los cristales.

Me acerco a las ventanas y deposito con mucho cuidado el cuerpo de Sandro Di Risio en el piso, que está cubierto de cartones y polvo. Le pido mentalmente perdón por este tratamiento poco respetuoso. Me quedo un instante mirándolo, mientras recobro el aliento. Quizá no estaría mal rezar un poco, pero no hay tiempo.

Nunca hay tiempo.

Y, además, yo no sé rezar.

Pero me pregunto si le gustan los tulipanes. Algún día le llevaré un ramo también a él.

Espabilo y vuelvo corriendo sobre mis pasos. Recorro en sentido contrario el camino por el que he venido. Entro en el baño, cierro la puerta y me guardo la llave. Paso al vestuario y cojo el folio y el móvil del sofá. Un vistazo y compruebo que supuse bien. Es la alineación del partido de hoy. Me guardo el papel y examino el teléfono. Por suerte no es un modelo muy complicado ni muy nuevo. El entrenador no era como los jugadores, que siempre tienen el último iPhone y ahora casi todos llevan un iPad en el asiento del pasajero. Éste es aún uno de los de tapa y cuando lo abro enseguida entiendo cómo funciona. Lo primero que hago es comprobar la batería. Hay cuatro circulitos de carga de un total de cinco. La cobertura es buena, aunque estamos en un sótano. Lo cierro y me lo guardo también. Por último abro la puerta y salgo al pasillo, con la cara vuelta al cuarto, como si estuviera hablando con alguien de dentro.

–De acuerdo, míster, gracias. En cuanto llegue le digo que venga.

Cierro la puerta del cuarto vacío dejando dentro mi engaño. Echo a andar por el pasillo con el corazón aún latiendo más rápido de lo normal. Repaso mentalmente lo que tengo que hacer. Ante todo, fingir que no sé nada y obrar en consecuencia. Entretanto será esencial dar unas vueltas de llave. Esto antes de que termine el partido, pero con el jaleo que habrá aquí, podré hacerlo sin que me vean. Ver entrar a Villa, el médico del equipo, en el vestuario me dice que los jugadores han llegado. Me encomiendo a Elena y voy a reunirme con ellos.

Nadie lo sabe, pero ahora el entrenador soy yo.

10

En el pasillo me cruzo con Colombo, el preparador físico. Con él va Victor Manzani, el entrenador de los porteros. Hasta hace unos días habría dicho que eran gente legal. Hoy no me atrevo a decir nada, visto lo ocurrido. Una persona por la que habría puesto la mano en el fuego me la ha reducido a muñón. La segunda ha expirado en mis brazos hace un momento, dejándome un papel con sus intenciones y un móvil.

Ahora no me queda mucha confianza que depositar ni aun en mí mismo.

Colombo se me acerca y amaga un directo al mentón. Es un gesto enérgico, de confianza, de deportista a deportista, aunque los dos hemos pasado ya esa edad.

—Hola, roca. ¿Listo para el gran día?

Procuro ser yo mismo, no sé con qué éxito.

—Desde luego. ¿Cómo está el Grinta?

Hago esta pregunta porque es la que los dos esperan que haga. Colombo sonríe, para mostrar el entusiasmo que cumple a un padre cuando se habla de su hijo, aunque sea más feo que Picio.

–A tope. Hoy Roberto está en plena forma, tanto mental como física. Todos lo están, por cierto. Saben lo que se juegan en este partido.

Me mira.

–Pero a ti, ¿te pasa algo?

Junto a nosotros pasan Liborio y Andrea con los bolsos de los jugadores que están descargando del autobús. Nos apartamos para dejarles paso. Aprovecho la distracción para inventar una excusa. Guiño los ojos y me paso una mano por la tripa.

–No me siento muy bien. Tengo aquí un ardor que me está matando.

–Será la tensión. Dile a Villa que te dé un Maalox. Diez minutos y como nuevo.

Tercia Manzani, persona simpática, de unos cuarenta años, con el acento aspirado y la astucia típicos del toscano, con barba sin cuidar y pinta gitanesca.

–Mejor te sentaría un Xanax. Yo creo que te mueres de miedo. Como todos, claro.

Se acerca y adopta una actitud confidencial. Baja un poco la voz.

–Una cosa te digo. Quien diga que está tranquilo, haría explotar la máquina de la verdad.

Reímos. Para aplacar el nerviosismo, para exorcizar la ansiedad. El miedo, el miedo que llevo dentro, no se deja engañar. Sigue estrechando manos frías en un lugar que no pertenece al cuerpo. No hay ningún fármaco que pueda quitarlo, sólo huir.

Pero eso es lo único que no quiero hacer.

Tras este intercambio de ocurrencias ellos prosiguen su camino y yo me quedo otra vez solo. Oigo entonces un grito proveniente de fuera. Sé lo que pasa. Hay una práctica que los jugadores siguen cuando llegan. Antes de entrar en el vestuario, casi todos salen a ver cómo está el terreno de juego. Aspiran la atmósfera, el césped, se agachan y tocan el suelo. Reciben los aplausos de los espectadores que ya ocupan las gradas. Luego vuelven a entrar y se cambian. Quien necesita un masaje se pone en manos de Schenetti, los demás hacen un ligero precalentamiento en una sala al efecto, en la que hay aparatos y se pueden estirar las piernas.

Noto crecer alrededor la excitación que precede a los partidos. Yo procuro seguir comportándome como de costumbre. Voy, como siempre, al vestuario de los futbolistas y compruebo que todo esté en orden. Me fío de mis colaboradores pero prefiero hacer una última inspección yo mismo. Debo reconocer que los muchachos han hecho un buen trabajo. Flota en el ambiente un olor a ropa nueva y limpia.

No durará mucho.

Observo este lugar lleno de objetos que cuelgan inanimados. Son corazas antes de la batalla. Son hachas de guerra indias. Son escudos y yelmos de gladiador. Son colores conocidos, familiares, que ya damos por descontados. Pero son el símbolo de algo común, de un resultado colectivo conseguido día tras día, con esfuerzo y con sudor. Yo antes creía que sólo me había traicionado a mí mismo. Pero no era verdad. Lo comprendí luego, cuando, en mi celda, me tumbaba en la cama y pensaba mirando al techo. Por mi mente desfilaban las pancartas y la afición que me admiraba. Y me di cuenta de que tenía una responsabilidad con aquella gente.

Aquí, hoy, está perpetrándose la traición de una idea colectiva, de un sueño que no es de nadie porque pertenece a todos. A los jugadores, al entrenador, al presidente del equipo, a los miembros del personal. Pero también a las personas normales, a esas gentes que nunca ganarán nada y por eso confían en que unos cuantos privilegiados lo hagan por ellos.

Me vuelvo y veo a Roberto en la puerta.

Era inevitable que un día u otro nos encontrásemos aquí. La suerte ha querido que estemos solos. Me mira y tiene la fuerza de no bajar los ojos. Lo miro y tengo la debilidad de no apartar los míos.

Debo de llevar el dolor pintado en la cara y una oración en la mirada. Pero no creo que sirva de mucho. No lo ha disuadido de su propósito lo que he hecho y le he dicho. ¿Cómo podría disuadirlo lo que pienso?

Del pasillo llegan los pasos y las voces de los demás miembros del equipo. Aparecen unos cuantos en la puerta. Roberto se hace a un lado y les deja pasar. Son muchachos jóvenes, llenos de energía y decisión, nerviosos. Están dispuestos a competir y a ganar. Yo ahora sé que algunos de ellos son muy buenos actores. Me saludan y por un momento cambiamos chistes, bromas y risas.

Yo respondo como si estuviera allí y no en otra parte.

–Suerte, muchachos. Id a por todas. Si no, los siguientes pantalones llevarán clavos en el culo.

–El culo se lo vamos a hacer a ésos.

Esta frase ha volado por el aire, dicha por no sé quién. Enseguida se oye otra.

–Y sin vaselina.

Hay un amago de carcajada general. El humor en el vestuario es lo que es, pero la moral parece alta. Yo me voy y para salir tengo que pasar al lado de mi hijo, que está apoyado en el marco. Cuando lo hago, me repite en voz baja algo que ya me ha dicho:

–No te metas, Silver.

Me dan ganas de contestarle que ya me he metido. Un hombre muerto en el piso de arriba y un móvil en el bolsillo lo demuestran. Pero paso de largo sin decir una sola palabra. Salgo al pasillo cuando los últimos jugadores vuelven del terreno de juego. Les hago un gesto con la mano y, antes de que nos encontremos, abro la puerta del vestuario del personal y entro.

Enciendo la luz y saco el papel de la alineación. Cuando el míster la anunció, explicó sin duda a cada jugador lo que se esperaba de él. El oficio de entrenador de fútbol es difícil. No se trata sólo de disponer a los jugadores en el césped. Hay que conocerlos personalmente y saber cómo tratarlos. Reprender en privado al susceptible, felicitar públicamente al que necesite estímulo, seguir de cerca al que aún no sabe lo que vale, anunciar con tacto una exclusión. He vivido en este ambiente lo bastante para saber cómo funciona la cosa. Cuando todo va bien, es mérito de los jugadores; cuando no, es culpa del míster. Imagino que pasa lo mismo en todos los ámbitos en los que hay alguien que paga por las malas rachas que tarde o temprano se abaten sobre cualquier terreno. Despliego el papel y tomo nota de los nombres de la lista.

Giacomo Bernini

Osvaldo Pizzoli Wilson Menè Silvio Melloni Gianfranco Re
Antonello Carbone Roberto Masoero Cesar Augusto Jonathan Ventura
Antonio Fassi Marco Scanavino

La alineación está escrita a máquina, según la disposición en el terreno de juego. Abajo hay una lista de suplentes, como se los llama. Es una definición pensada para ocultar el hecho de que se sentarán en el banquillo.

Ikeda Tetsuya, Ivan Giallonardo, Piero Della Favera, Enrico
Menicozzi, Martino Zinetti, Mario Santalmassi, Gino Zandonà.

Veo que Di Risio ha concebido una alineación 4-4-2, sólida pero de ataque, que privilegia el juego en las bandas. No ha pensado en una táctica más defensiva, como el adversario probablemente se esperaba. Lo normal sería que nos quedáramos en nuestro medio campo esperando el ataque contrario para entonces arrancar en contraataque. El míster, en cambio, ha decidido sorprender al adversario y marcar por lo menos un gol nada más empezar el partido, a fin de minar su moral. A nosotros nos basta con un

91

empate para clasificarnos, y tener que remontar dos goles sería un buen jarro de agua fría para cualquiera.

El problema es que Di Risio no sabía lo que yo iba a decirle. Esta disposición táctica favorece las intenciones de los que han decidido que perdamos. Quien deba colar goles fallará y lo mismo hará quien deba parar una ofensiva. Sin contar con que el portero siempre puede escurrirse o dejar que se le escape un balón...

El problema sigue siendo el mismo. Saber quiénes, además de Roberto y Bernini, forman parte de la maquinación. De todas maneras, ya es un buen punto de partida saber que ellos dos son del grupo. Donde el ser humano no puede llegar, un golpe de suerte puede ayudar mucho. Así es el mundo y así es por tanto un partido de fútbol.

Por otra parte, a estas horas ya le habrán entregado la lista de jugadores al árbitro, con lo que no se puede cambiar. Dentro de poco irá al vestuario a convocarlos y pasarles revista. No se puede sustituir a nadie, salvo si se lesiona en el calentamiento, cosa bastante improbable. Hoy es un día especial y todos quieren jugar, aunque con fines diferentes.

Meto la mano en el bolsillo y cojo el móvil del míster. Compruebo que en la agenda figuran todos los nombres que necesito. Gentile, Martinazzoli, Villa. Ahora sólo tengo que escoger el momento justo para enviar el primer mensaje. No debe ser ni demasiado pronto ni demasiado tarde.

Como siempre, es únicamente cuestión de tiempo.

Oigo fuera un zumbido que sube más y más de

volumen, hasta que se convierte en el batir de las aspas de un helicóptero que sobrevuela el estadio. Ha llegado el jefe. Hoy vendrán todos los personajes principales a desearle buena suerte al equipo. Es normal que él sea el primero.

Me guardo de nuevo el papel y el móvil. En adelante me pesarán como ladrillos. Salgo al pasillo, que está lleno de gente. Jugadores, directivos, ayudantes. Por la puerta abierta de la sala de masajes veo a Pizzoli atendido por Schenetti, que está masajeándole un muslo. A otro jugador con el torso al aire le estira la espalda el segundo masajista. A mi izquierda oigo el ruido de los aparatos de los que han empezado a calentarse.

La llegada del presidente no pilla a nadie por sorpresa. Se presenta con sus maneras de siempre, que quieren parecer afables y comunicativas y en realidad no hacen sino marcar más la diferencia entre quien es de verdad simpático y quien se lo hace. Por lo general lo acompañan un par de personas, siempre distintas, ante las que hace ostentación de su poder y su éxito. Esta vez son un hombre y una mujer. Él tiene pinta de súbdito, ella es muy bella y camina como si fuera una reina sin saber que en realidad es una esclava.

Martinazzoli avanza por el pasillo sonriendo, sin hacer caso de nadie, y se detiene ante el vestuario de los jugadores. Asoma la cabeza y se oye retumbar su voz con fuerte acento milanés.

—A ver, campeones, ¿vamos a ganar este partido o no?

11

Martinazzoli entra en el vestuario y sus dos acompañantes lo esperan fuera, mirando a un lado y otro algo desorientados. Es evidente que el fútbol les importa un rábano, y que están ahí porque hay que estar. Quizá no están en situación de decir que no o quizá están en la posición de quienes harían lo que fuera por que les dijeran que sí.

El presidente habla largo rato con los jugadores. Imagino lo que está diciéndoles. Palabras de ánimo, objetivos que alcanzar, seguridades de primas, promesas de inmortalidad, más el inevitable chiste. Este hombre no tiene la clase de Alessio Mercuri. Ni aunque viviera mil años llegaría a acercársele. Pero tiene un poder de comunicación y de motivación enorme, que es, por cierto, lo que le ha permitido llegar a donde ha llegado. Si se pusiera a hablar con el guarda del estadio, a los cinco minutos éste estaría convencido de que el equipo depende de él y de Martinazzoli.

Llegan Ganzerli, el administrador delegado, y Fiorelli, el agregado de prensa. Pasan sin dignarse mirar a los dos intrusos y se meten en el vestuario en busca del jefe. Son hombres de mundo y saben quién cuenta y quién no.

Yo sigo en el pasillo. Andrea se me acerca. Evidentemente está nervioso, porque no todas las palabras le salen fluidas de los labios.

–Los balones y los demás materiales están en el campo. ¿Todo en orden por aquí?

–Sí. Muy bien, habéis hecho un buen trabajo.

Este elogio parece tranquilizarlo un poco. Es un buen muchacho, sencillo de carácter. No me cuesta nada felicitarlo cuando se lo merece.

–Ve fuera con Liborio. Yo ahora mismo voy.

Andrea se va, con su andar desgarbado, que le hace mover la cabeza a un lado y otro. Es una de las personas que merecen que el equipo gane. Por la misma razón por la que merecería un aspecto agraciado y don de palabra. Pero la ley de la existencia no es igual para todos.

El presidente sale del vestuario. Mira a un lado y otro. En medio de la excitación general, sólo ahora parece darse cuenta de que ha hecho su número con los jugadores sin que estuviera el entrenador.

–¿Y el míster?

Me acerco lo necesario para que me oiga sin tener que gritar. Señalo al final del pasillo.

–En su cuarto, presidente. Última puerta a la derecha.

Martinazzoli gira la cara en esa dirección y echa a andar, seguido de su séquito. La bella y la nulidad no se sienten autorizados a acompañarlo y se quedan donde están, esperando. La muchacha, como quien no quiere la cosa, echa un vistazo al vestuario de los jugadores. Es una sinfonía de músculos, cuerpos y caras jóvenes. Estoy seguro de que en ese momento preferiría llegar en un utilitario con uno de ellos antes que en helicóptero con el presidente. Después de una noche de feliz intimidad, a ser posible. Decía aquél que París bien vale una misa. Me pregunto cuántas vale para ella Porto Cervo.

Dejo también yo atrás a la pareja y me acerco al vestuario de Di Risio, procurando no dar la impresión de que sigo a los otros. Lo hago por una razón muy concreta. Se darán cuenta de que en el cuarto no hay nadie. Me parece oportuno que yo esté en las inmediaciones cuando esto suceda.

Martinazzoli se detiene ante la puerta y llama. No contestan. Llama otra vez, más fuerte. Mismo resultado. Se acerca al batiente y alza la voz de manera que se lo oiga desde dentro.

–Eh, míster, ¿concede audiencia antes del partido?

Siguen sin contestar. El presidente me mira con aire inquisitivo. Yo me encojo de hombros como diciendo que no sé lo que pasa. Por último se decide. Empuña la manivela y abre la puerta. Desde el umbral pasea la mirada por la estancia. Sé perfectamente lo que está viendo. Una taquilla, una mesa redonda, dos sillas, un sofá rojo de piel de imitación que se ve a dos leguas que es de Ikea. Otra mesa, puesta de través en el rincón de la izquierda, con refrescos y fruta. Al lado, más bien cerca de la entrada, la puerta del baño. En la pared de enfrente, arriba, un tragaluz largo y estrecho que ilumina la estancia. Que debería iluminarla...

La luz está encendida pero sus ojos no encuentran a nadie.

Martinazzoli se vuelve hacia mí. Está irritado y no lo oculta.

–Aquí no está.

Me acerco deprisa.

–Debe de estar en el baño. Permita, presidente...

Se hacen a un lado y entro en el vestuario con el aire deferente de quien quiere evitarle a su presidente tener que llamar a la puerta de un baño. Golpeo la madera con los nudillos.

Lo hago un par de veces sin obtener respuesta.

–Míster, ¿está ahí?

También a esta pregunta recibo la contestación que esperaba, es decir, ninguna.

–¿No se habrá sentido mal? Hoy no tenía buena cara.

Autorizado por esta frase que me llega por detrás, abro con cuidado la puerta del baño, en la actitud de quien teme sorprender a otro en una situación íntima o cosa peor. Finjo buscar con la mirada a quien sé que no encontraré. Al final me vuelvo hacia los otros con cara a la vez de sorpresa y de desolación.

Al menos ésa es la intención.

–Tampoco está aquí.

Hay una razón por la que he querido abrir yo mismo la puerta. Los presentes ignoran sin duda que en el baño hay una puerta que da al almacén. Era el vestuario del personal y por tanto las altas esferas no venían aquí. Pero he preferido que la descubran ellos para no despertar sospechas. Además, por un exceso de escrúpulo, prefiero que no noten que falta la llave.

Nunca se sabe, pero a veces se sabe...

—¿Adónde coño habrá ido?

La frase sale silbando de los labios de Martinazzoli y se carga con su compostura, que por desgracia es pura fachada. Son famosos sus arrebatos de cólera, durante los cuales profiere lindezas que cuadran mal con quien se comporta como si hubiera nacido en Buckingham Palace. Los otros miran a un lado y otro desconcertados. Fiorelli parece el más preocupado, como si por su cargo de agregado de prensa tuviera más responsabilidad.

—Pero si lo hemos visto llegar. Tiene el coche fuera. No puede haber desaparecido.

—¡Me cago en la puta!

Con este contundente comentario, el presidente se mete la mano en el bolsillo de la chaqueta. Saca el móvil, busca un número y pulsa llamada. Se lleva el aparato al oído y dos malditos segundos después el teléfono de Di Risio empieza a sonar.

En mi bolsillo.

¡Joder!

Con las prisas y la turbación olvidé desactivar el sonido cuando me apoderé del móvil del míster. Y tendría que haber imaginado que lo llamarían. El malditísimo azar ha querido que ocurra estando yo presente. Tres caras se vuelven hacia mí con perfecta simultaneidad.

Yo siento que me muero.

Con gestos nerviosos y mostrando el mayor apuro, me meto las manos en los bolsillos y cojo los dos móviles. Procurando sincronizar los movimientos, abro y cierro el de Di Risio, cortando así la llamada, y al mismo tiempo me acerco el mío al oído como si fuera éste el que ha sonado y me llamaran a mí.

–¿Sí?

Me he vuelto y he pronunciado este monosílabo en voz baja. Confío en dar la impresión de quien recibe una llamada en el momento menos oportuno. Espero un instante una respuesta de alguien que no existe.

–Vale, pero ahora no puedo hablar. Te llamo después del partido.

Guardo el móvil. Las piernas me tiemblan. Me vuelvo hacia los presentes con aire confundido, que me cuesta poco simular.

–Perdonad.

Martinazzoli me mira, aún con el teléfono sin respuesta en la mano.

Ofrezco una alternativa a su perplejidad.

–Voy a preguntar si lo ha visto alguien.

Me dirijo a la puerta, los sorteo y salgo. Incluso con cierta prisa, la justa para que parezca celo y no huida.

No me espero a oír sus comentarios, que serán variados y expresarán diversas hipótesis. Me meto en las duchas, que están algo más adelante, a la derecha, para desactivar el maldito sonido antes de que el presidente vuelva a llamar. En el recinto enladrillado no hay nadie; sólo olor a humedad y a champú. Un grifo gotea solitario e impotente.

Me encierro en un baño y apenas he acabado la operación cuando el teléfono empieza a vibrar. En la pantalla aparece con letras mayúsculas la palabra MARTINAZZOLI. Dejo que vibre largo rato, hasta que al final se corta. Ocurre lo mismo dos veces más y por fin el presidente desiste.

Me apoyo en la pared y suspiro con alivio. Me doy cuenta de que acabo de correr un gran riesgo. Poco ha faltado para que mi distracción diera al traste con todo. Me quedo un momento mirando el teléfono inmóvil y mudo. No puedo apagarlo, porque a lo mejor luego me pide un pin que no conozco. A partir de ahora tendré que tener mucho cuidado con cómo me muevo y a quién me acerco.

Decido que es hora de actuar. Hora de dar señales de vida. O, mejor dicho, de que las dé Sandro Di Risio, desde el lugar en el que ha decidido refugiarse, sea cual sea.

Busco en la agenda el número de Gentile, el segundo entrenador. Es un hombre fiel al míster y sé que los dos se aprecian mucho. No creo que esté en el complot, porque tampoco cuenta tanto como para poder influir en el resultado. No, los que pueden marcar la diferencia son los jugadores y entre ellos debo buscar.

Además de los que ya he encontrado.

Me pregunto cómo se siente Roberto en este momento. Qué está pensando, si el dinero que espera sacar del chanchullo bastará para acallar su conciencia en el futuro. Ha vivido a mi lado, ha sufrido conmigo las consecuencias de mis decisiones. Sabe que los remordimientos no faltarán en ningún caso.

100

Trato de desechar estos pensamientos.

Todos somos responsables de nuestras acciones y de los efectos colaterales que causan. La historia del mundo lo demuestra. Es más, ésa es la historia del mundo. Sólo que cuando se trata de Roberto, consuela poco saber que pasará a formar parte de la misma estadística que yo.

Pulso la tecla que permite escribir un mensaje al número seleccionado. Aparece un espacio en blanco y un guión que parpadea. Me parece que sigue los latidos de mi corazón.

Escribo despacio el mensaje, tratando de imaginar cómo lo escribiría Di Risio. Desde luego, sin esas molestas abreviaturas tipo k y x y + que usan los jóvenes y los fanáticos. Una vez me envió un mensaje y sé que no las emplea.

No me siento capaz de salir al campo. Demasiado estrés. Pero veré el partido y te daré instrucciones con el móvil. Hay que cambiar la alineación. Luego te explico. Sandro.

Lo releo y pulso enviar, con la sensación de ser un personaje de una tragedia de Shakespeare o de una farsa de Ridolini. En cualquier caso, de alguien que no soy.

Salgo del baño y vuelvo al pasillo, atravesando el recinto de las duchas aún desierto. El grifo ha dejado de gotear.

Se ha agotado el agua o la paciencia.

Debe de haber corrido la voz de que el míster ha

desaparecido y hay gran revuelo fuera. El aire se puede cortar con cuchillo y se precisa uno muy afilado.
Directivos, jugadores, empleados se miran unos a otros
sin saber qué hacer ni qué decir.

Se oye al fondo, a mi derecha, la voz de Gentile.

—¡Presidente!

Me vuelvo y lo veo venir a zancadas hacia Martinazzoli y su grupo.

Lleva el brazo derecho estirado y en la mano un
móvil.

12

La nube que había sobre el estadio ya no está sola. Se le han unido otras y ahora juegan a sol y sombra sobre gradas y tribunas. El color del césped pasa de verde claro a verde oscuro según los caprichos del viento. Equivocarse es normal y humano. Por eso, cuando los pronósticos anuncian cielo despejado y luego se lo encuentra uno con nubes, no cabe más que encomendarse a las evidencias del tiempo. Los muchachos están ya en el terreno de juego y casi han terminado de calentar. Cuando han salido, todos los espectadores de las gradas se han puesto en pie y han aplaudido. Los de las tribunas se han mostrado más comedidos. Los aficionados del equipo contrario que han venido a apoyar a los suyos emiten algún que otro comprensible silbido, pero, en general, el ambiente está tranquilo. Los jugadores de ambos equipos, como es costumbre, han empezado a correr, pasarse el balón y jugar un partidillo con las pecheras puestas. Los porteros realizan con sus respectivos entrenadores los ejercicios que su función requiere.

Por su parte, el árbitro y los jueces de línea calientan en medio del campo, imparciales también en esto. Si hay alguien a quien no envidio, es precisamente el hombre del silbato. A veces, cuando veo programas deportivos, me cabreo. Si siete u ocho supuestos expertos, con sus micrófonos prendidos del pecho, mirando una y otra vez una acción con moviola, no son capaces de ponerse de acuerdo sobre si ha sido o no penalti, imaginémonos al pobre árbitro que la ve una sola vez y desde un único punto de vista. Esta obstinación en no introducir la moviola en el terreno de juego me recuerda la historia del que se cortó sus partes por hacerle un feo a su mujer.

Pero ahora tengo otras cosas en que pensar.

Cuando Gentile ha alcanzado a Martinazzoli y le ha enseñado el mensaje del móvil, ha sido como si cayera sobre todos un jarro de agua fría. Un jarro sobre cada uno, a juzgar por sus reacciones conforme lo leían. Martinazzoli, que no es tonto, ha comprendido que no era cuestión de abandonarse a una de sus exteriorizaciones pintorescas. He visto que conferenciaban y luego el segundo entrenador se ha dirigido al vestuario de los jugadores y los ha mandado al terreno de juego.

Mientras los muchachos salían, Gentile ha vuelto con los otros y al poco he visto que escribía un mensaje en el móvil. Yo he regresado a las duchas, porque estaba seguro de que no tardaría en notar en el bolsillo la vibración que anunciaba la recepción de un mensaje.

Efectivamente.

He abierto el teléfono y he visto pocas palabras en la pantalla.

¿Eres Sandro de verdad?

Aunque sin ganas, no he podido evitar reírme. Me imaginaba la cara de ansiedad de aquellos hombres que esperaban una respuesta con la vista clavada en una pantallita. Temían que le hubieran robado el móvil al míster o hasta que lo hubieran secuestrado. En cuyo caso tendrían que llamar a la policía, con todo el escándalo que eso conllevaba. Y lo que menos se quería hoy era un contratiempo que pudiera poner en peligro el encuentro. Yo no sé si un partido como éste se puede perder por descalificación, pero estoy seguro de que tampoco ellos lo sabían a ciencia cierta. En cualquier caso, yo podía aclarar todas las dudas, al menos en lo que tocaba al remitente de los mensajes. He tecleado un texto y he pulsado enviar.

Acuérdate de A. Tres meses no bastan.

Me he imaginado el apuro de Armando Gentile al leer esta respuesta, pero no veía otro modo de probarle que yo era Di Risio.

Un día, hace tiempo, estaba yo despejando el vestuario del personal para dejar sitio a las cosas del míster. Sacaba los objetos por la puerta del baño y los dejaba en el viejo almacén hasta que les encontráramos un lugar definitivo. Una de las veces que volví al cuarto oí las voces de Di Risio y de Gentile al otro lado de la puerta. Quizá había venido el entrenador a echarle un vistazo a su nuevo local en el estadio, o quizá buscaban un lugar donde hablar a solas.

Yo me quedé quieto, en parte por temor a que pareciera que los escuchaba, en parte porque, de hecho, sentía la humana curiosidad de oír lo que decían. Siempre conviene conocer cosas que no deberían conocerse. Sobre todo cuando uno es miembro del personal de un equipo de fútbol.

Primero comentaron el cuarto, que no era precisamente una suite del Gran Hotel. Luego Gentile bajó la voz y pareció algo azorado.

—Sandro, tengo que decirte una cosa.

—Dime.

—Estoy jodido.

El míster esperó en silencio a que siguiera. El otro lo hizo puntual y penosamente.

—Estoy en una situación muy delicada. Tú eres la única persona a la que voy a contárselo. Te pido por favor que no le digas nada a nadie, ni a tu mujer. Vamos, a tu mujer menos que a nadie.

Los dos matrimonios se tratan mucho y la señora Di Risio y la señora Gentile son viejas amigas. Pensé que cuando un hombre empieza así, casi siempre es que tiene algún problema de faldas. Las palabras siguientes me lo confirmaron.

—Estoy colado por una mujer.

La respuesta de Di Risio fue inmediata.

—¿Edad?

—Diez menos que yo.

Hice un cálculo rápido. El segundo entrenador tenía unos cuarenta años, luego la persona en cuestión estaría en los treinta. Lo que respondió el míster parecía fruto de alguna forma de telepatía entre él y yo.

–Bueno, por lo menos no es la veinteañera de marras con pelos en el corazón y ansias de gloria.

–No, no, de ésas conozco a muchas y las reconozco en cuanto las veo.

Gentile hizo una pausa, como si estuviera imaginando un tipo de mujer y comparándolo con otro. Al cabo prosiguió y su voz sonó como más ligera. Típico del hombre sentimentalmente prendado.

–Adriana tiene treinta y dos años, es abogada y no se relaciona con nuestro ambiente.

–Armando, no hagas tonterías.

–No pienso hacerlas. Es que...

La suspensión fue evocadora, de esas que en unos segundos permiten revivir horas enteras.

El míster lo apremió.

–¿Es que qué?

–Es que cuando estoy con ella me parece que estoy en la gloria y...

Di Risio lo interrumpió.

–Escucha, ahora soy yo quien te lo pide.

–¿Me pides qué?

–Que no se lo digas a nadie. Y ni se te ocurra confesárselo a tu mujer para descargar tu conciencia. No le des disgustos, que no se lo merece. De momento sigue con tu aventura y procura ser prudente. ¿Desde cuándo la conoces?

–Desde hace tres meses.

–Tres meses no bastan para saber si...

No supe para qué no bastarían aquellos tres meses, aunque podía imaginármelo. Di media vuelta y salí, entornando la puerta sin hacer ruido. Aquello no era la clase de cosas que me interesaba saber. Eran cosas personales y todos tenemos el derecho y el deber de rascarnos donde nos pica como mejor nos parezca. Le envié aquella respuesta aludiendo a A. porque sabía que Gentile entendería a quién me refería y reconocería al depositario de sus confidencias. Me imaginaba el suspiro de alivio con el que el cotarro debió de recibir la confirmación de que la persona que enviaba el mensaje era quien decía ser.

Enseguida me llegó otro mensaje. Esta vez del propio Martinazzoli.

¿Qué coño es eso de cambiar la alineación?

También me esperaba esto. Pero necesitaba tiempo. Contesté para darme un respiro, y los dejé preguntándose por qué había decidido aquello y sobre todo qué había decidido.

Esperad. Confiad en mí.

Salí después al pasillo y pasé junto al grupo que, ocupado en deliberar, no reparó en mí. Tenían que tomar decisiones, esperar instrucciones. Todos como con un buen signo de interrogación dibujado sobre la cabeza. En el trance, el que más bajo presión debía de sentirse era Fiorelli, porque estaría pensando en cómo salirles al paso a los periodistas de prensa y televisión cuando vieran que el entrenador no estaba en el banquillo.

Allá él.

Yo de momento bastante tenía con resolver mis propios problemas. Salí del vestuario y me dirigí al terreno de juego. En la salida del túnel me detuve. Y desde entonces aquí estoy, estudiando a los jugadores, mientras las nubes y el sol proyectan pesimismo y optimismo alternativamente en el césped. Me he fijado sobre todo en Bernini y en Roberto, para ver si su comportamiento me da algún indicio sobre los cómplices. No sé si mi hijo ha avisado a los demás de que estoy al corriente del asunto, pero tanto si lo ha hecho como si no, no he averiguado nada.

El caso es que es hora de tomar una decisión. Por lo pronto puedo ir poniendo un remiendo, en espera de acontecimientos. El calentamiento ha terminado y el estadio está lleno a reventar. Me alejo del túnel para no tener que cruzar otra vez la mirada con Roberto cuando pase. Mientras los jugadores de los dos equipos van entrando de nuevo en los vestuarios, camino hacia la izquierda y encuentro un sitio en el que no me ven ni desde el banquillo ni desde las tribunas. Saco el papel de la alineación del míster y lo estudio un momento. También podría hacerlo al descubierto, nadie se fijaría en mí. Hay personas que resultan invisibles. La gente está tan acostumbrada a su presencia que acaba considerándolas un mueble más. Y por tanto no las ven ni las oyen ni las recuerdan. Yo soy una de esas personas. Mi trabajo es necesario pero yo mismo soy inútil. Hoy tengo que intentar serlo un poco menos.

Cojo el teléfono y escribo el mensaje que todos esperan.

Fuera Masoero y Bernini.
Que entren Della Favera y Giallonardo.

Lo envío a Gentile y a Martinazzoli. A los pocos segundos llega un mensaje que huele a presidente perplejo y cabreado. Muy perplejo pero más, mucho más cabreado.

¿Qué cojones dices?
¿Estás loco?

Cruzo los dedos y contesto.

No. Sé lo que hago.
Confiad en mí.

El tono es firme, como el que habría empleado el míster, que nunca tuvo pelos en la lengua.

No recibo respuesta.

Creo que, al menos por el momento, los he convencido. Me acerco al banquillo, donde encuentro a Andrea y a Liborio esperándome. Me detengo a dos pasos de distancia, porque no tengo ganas de hablar. Imagino la que se habrá armado en el vestuario cuando han anunciado el cambio de alineación. Sobre todo sabiendo que el entrenador no está y no es posible pedirle explicaciones. Roberto debe de pensar que algo tengo yo que ver y seguro que se pregunta con angustia hasta qué punto. Lo mismo cabe decir de Bernini, por otras vías y otras razones.

Cuando los jugadores salen del túnel, doy un suspiro de alivio. En el terreno de juego están Della Favera y Giallonardo, mientras mi hijo y el primer portero se dirigen al banquillo. Cuando pasa por mi lado, Roberto no se digna mirarme.

En el terreno de juego, el ritual de siempre. Presentaciones estentóreas del locutor, gritos del público al oír el nombre de los jugadores, intercambio de banderines y apretones de mano, lanzamiento de moneda. La afición de las gradas se pregunta sin duda por qué no está el entrenador en el banquillo y por qué el Grinta no sale de titular. Pero es mejor que sigan preguntándoselo sin saber la respuesta correcta.

Por fin todos los jugadores están en su puesto. El árbitro pita, un jugador toca el balón y de todas partes del estadio, sin excepción, se levanta un clamor.

El partido ha comenzado.

13

Al cuarto de hora los equipos siguen en la fase de estudio.

El entrenador del equipo contrario ha comprendido enseguida que se enfrentaba a una alineación ofensiva y no defensiva. En los momentos siguientes al pitido inicial ha modificado rápidamente su alineación para hacer frente a una situación que no se esperaba. La ausencia de Di Risio del banquillo no lo ha intrigado apenas. La ha tomado como un hecho en cuanto ha estrechado la mano a Gentile, en lugar de al entrenador titular. Mucho más lo habrá sorprendido la ausencia en el terreno de juego de Bernini y de Roberto. Creo que se alegra. Con todo, su perplejidad y su optimismo sólo merecen tenerse en cuenta cuando se traducen en hechos sobre el terreno de juego.

Yo tengo que ocuparme de los nuestros.

Me parece que Re, uno de nuestros defensas, lo pasa mal cuando los contrarios atacan por su zona. Se enfrenta a Montesi, un delantero de mediana calidad, pero rápido y ágil, que se le ha escapado un par de veces. Para pararlo ha tenido que hacer dos faltas que a punto han estado de costarle la tarjeta amarilla.

Lo ocurrido me ha hecho ver las cosas de otra manera. En mi vida habré presenciado no sé cuántos partidos, pero siempre como espectador, sin tener voz ni voto. Cuando los jugadores salían al césped, mi trabajo acababa. La única implicación emocional estaba en el hecho de que el equipo marcase goles o los recibiese, y en el rendimiento de mi hijo.

Ahora veo las cosas desde otro ángulo y tengo que pensar en el juego como lo haría el míster, como si yo fuese una especie de decimosegundo jugador. Me pregunto si no he exigido demasiado de mis conocimientos de este deporte, cuya existencia descubrí cuando entré a trabajar aquí de utillero. Cuando boxeaba y luego en la cárcel, el fútbol era algo que sucedía los domingos y de lo que hablaban en el gimnasio y entre las paredes de la prisión.

Me acerco a Liborio y a Andrea. Imagino que tampoco ellos se explican la ausencia del Grinta en el césped y del míster en el banquillo. Pero no son tan importantes como para poder preguntar y deben conformarse con sus hipótesis. Cuando les hablo, les cuesta desviar la mirada de la competición que se desenvuelve ante sus ojos.

—Liborio, quedaos aquí. Yo no me siento muy bien. Vuelvo ahora mismo.

Creo que ni me han oído, porque mi ayudante dice que sí con la cabeza y vuelve a mirar al campo como si estuviera presenciando la multiplicación de los panes y los peces.

Me dirijo a los vestuarios. Para ello tengo que pasar ante las tribunas. Levanto la vista y miro al sector donde se sienta Martinazzoli. El presidente está entre Ganzerli y Fiorelli. Los dos acompañantes, la bella y el eunuco, están sentados detrás. Los demás son los de siempre, personalidades y guardaespaldas. Lo que me sorprende es que el asiento de la izquierda del administrador delegado está vacío. Cosa extraña, dado el mucho reclamo que tenía el partido de hoy. A veces ocurre que alguien, por esnobismo o por sostén, se abona y luego no acude al estadio. Pero hoy no me parece día de ausencias injustificadas. Estoy seguro de que esta tarde más de uno dejaría a su mujer de rehén a cambio de ocupar ese asiento vacío en el Geppe Rossi.

Martinazzoli está hablando por teléfono e incluso visto desde aquí parece tener una expresión sombría. Vuelve una y otra vez la cara hacia la grada de los ultras y en cierto momento levanta un brazo y me parece que indica los ventanales de la sala de prensa que está construyéndose.

Vayamos por partes.

Me meto en el túnel y saco el móvil del míster. Busco un lugar tranquilo, selecciono el número de Gentile y tecleo un mensaje todo lo rápido que puedo.

Cambiar a Re por Pizzoli. Más movimiento sin balón en el área.

Pulso la tecla enviar con una idea molesta. Lo malo es que cualquier problema, el mal juego de un jugador, se presta a una doble interpretación.

¿Mal día o mala intención?

Este moverme a tientas, sin saber de quién puedo fiarme, está volviéndome loco. A veces imaginar la verdad es mucho peor que saber una mala verdad.

La certidumbre puede ser dolor.

La incertidumbre es pura angustia.

Voy a la sala de invitados, que, previsiblemente, está vacía. Es un recinto con moqueta barata y unos sofás y sillones dispuestos ante una mesa sobre la que hay un televisor encendido. Antes del partido y en el descanso, la usan los invitados y el personal. Hay un pequeño bufé con sándwiches, refrescos y una cafetera. Con mal tiempo, quien no quiere ver el partido fuera pasando frío, puede verlo aquí. Lo retransmiten en baja frecuencia por el monitor y el canal de radio de Manila Round permite seguir la crónica en directo. Pero hoy, con el día que es, todo el mundo ha preferido ver el partido al aire libre y con la luz del sol.

Me siento en un sillón. Miro un momento las figuritas de colores corriendo por la pantalla en pos de un balón. Parece tan sencillo, visto de fuera. Pero basta con dar un paso al frente y entrar un poco más y todo se complica, todo resulta difícil de descifrar, subterráneo, enigmático.

Oigo por la radio los comentarios de un locutor, de voz grave y hueca, que no acierta a ocultar su predilección por el equipo local.

«... de momento puede decirse que los dos equipos están empatados a posesión de balón, además de a goles. Si en fútbol el resultado dependiera de los puntos, de momento el árbitro lo tendría muy difícil. Es inexplicable y sigue sin explicarse la ausencia de Sandro Di Risio en el banquillo, y sobre todo la exclusión del equipo titular de Roberto Masoero, que a nuestro juicio habría podido darle un cariz muy distinto al partido. Pero ahora...»

Las palabras escapan a mi comprensión. Pienso en el cariz que el Grinta hubiera querido darle al partido y sin darme cuenta se me saltan las lágrimas. Toda la tensión de los últimos días, los remordimientos por lo que he sido, la amargura de descubrir lo que es mi hijo, concurren en este momento que es más duro de vencer que ningún rival, de ring o de lo que sea. Trago algo que no sé de dónde viene, me enjugo los ojos con una servilleta y presto de nuevo atención a la pantalla.

«Larga diagonal ahora de Carbone hacia el área contraria. Pelea Giallonardo con Makita. Los dos saltan para golpear de cabeza. Controla Giallonardo, cede sobre Ventura pero...»

La voz del locutor titubea.

«Giallonardo ha caído y permanece en el suelo. Pone cara de dolor y se toca el tobillo derecho. No ha habido falta, por lo que es posible que al caer haya apoyado mal el pie y se haya torcido el tobillo. El árbitro ha parado el juego y...»

Veo que Schenetti y su ayudante, seguidos de Villa, se acercan al jugador tendido en el suelo. Se arrodillan y le prestan los cuidados necesarios, mientras valoran la gravedad del percance. A los dos minutos Giallonardo se levanta y, aunque aún pone cara de dolor, hace con la cabeza un gesto afirmativo. El hombre por mí elegido parece hallarse en buenas condiciones. Y también tener buenas intenciones. Significa que puede seguir jugando y que, por lo menos, quiere intentarlo. El partido de hoy es el más importante de la vida y nadie quiere perdérselo.

Hay una cosa que en todo este tiempo no ha dejado de inquietarme. Un ligero mal humor mezclado con alarma por el gesto que ha hecho Martinazzoli hacia la sala de prensa en la que yace el pobre Di Risio. Me levanto del sillón y me dirijo al cuarto en el que tendría que haber estado el míster y en el que, en cambio, lo buscamos en vano. Franqueo la puerta y llego al baño. Sigo llevando en el bolsillo la llave de la puerta de comunicación. La abro y bajo los tres escalones. Me acerco a la puerta que da al almacén. Al otro lado oigo voces quedas y un ruido de metal contra metal dentro de la cerradura.

−¡Date prisa, tío!

−Un momento. Un momento que...

Interrumpe la conversación el ruido de la llave que introduzco en el ojo y el ligero chirriar de las bisagras cuando tiro del batiente. Ante mí veo arrodillado a un sujeto de unos treinta años con una camiseta negra de los AC/DC y con el brazo lleno de tatuajes. Lleva en la mano un par de ganzúas. Levanta la cara pasmado y se queda con las manos en el aire como si asiera un volante inexistente. Detrás de él hay otro sujeto unos diez años mayor que, inclinado el tronco y apoyadas las manos en las rodillas, observa a su compañero hurgar en la cerradura.

Se yergue y lo reconozco. Es Mariano Costamagna, el líder de los ultras. Un tiparraco que, en mi opinión, es el principal sospechoso del robo de este mismo almacén. No me imaginaba que el presidente tuviera trato directo con él y con su banda. Mariano me mira de una manera que me irrita. No porque me mire mal, sino porque me mira con suficiencia. Y eso podría ser un gran error.

Me hace un gesto elocuente con la mano.

—Yayo, vuelve dentro y no nos toques las bolas.

Me temo que han dado con la persona equivocada el día equivocado. Abro del todo la puerta y doy un paso atrás. Así los obligo a entrar uno a uno si quieren atacarme.

Procuro poner en la voz una seguridad que no siento del todo.

—No me las toquéis a mí y a lo mejor esta noche aún coméis con vuestros dientes.

El primero, el más joven, se levanta y da un paso hacia mí. Cruza la puerta. Intenta darme un puñetazo torpe, que puede que sirviera en la escuela, pero que en el ring significa que lo dejen a uno fuera de combate sin oír siquiera la cuenta.

No llega a descargar otro.

Lo evito, le propino un derechazo en el hígado y un gancho en la barbilla. Cae hacia atrás como si le hubieran estirado con una goma y Mariano tiene que apartarse para que no le caiga encima.

Ahora soy yo quien lo mira con suficiencia. Estoy

118

en guardia y doy saltitos como he hecho cientos de horas en mi vida. Algo por lo que en estos momentos doy gracias a Dios.

–¿Quieres entrar tú también?

Lo veo indeciso. El modo fulminante como he liquidado a su compinche, los dos puñetazos precisos y profesionales lo han impresionado. Da un paso atrás, va a decir algo.

Lo aviso.

–Como digas que te vas por respeto a mis canas, salgo y te mato.

El muy bribón se interrumpe y no dice nada. Coge del brazo a su compadre, que sangra copiosamente por la boca. Lo ayuda a mantenerse en pie y así desaparecen tras la lona verde que rodea las obras y que nos ha tapado todo el tiempo.

Cierro la puerta y me apoyo en el batiente galvanizado. El corazón me va a mil, pero, ¡joder, qué gusto da sentir correr la adrenalina!

En ese momento oigo sonar en el bolsillo el móvil del míster que ha recibido un mensaje. Cuando lo abro veo que en realidad hay dos mensajes. Uno es de Gentile.

Giallonardo no puede más.
¿A quién saco?

El segundo es de la compañía telefónica y me avisa de que no queda saldo.

14

—¡Me cago en la leche!

La exclamación me sale instintiva de los labios. Pero sé que el hecho merece comentarios más incisivos. Nunca me habría imaginado que el míster funcionase a base de tarjetas prepago. Suponía que tenía un contrato, como todas las personas que usan el teléfono con cierta frecuencia. Creía que ciertas prácticas estaban reservadas a los pobres diablos como yo, gente más de capuchino que de aperitivo. Quizá recibió antes el mensaje que avisa de que el saldo está acabándose y prefirió recargar cuando no le quedara.

Yo no lo sabía y ahora estoy en un buen aprieto. No puedo comunicarme con Gentile. Y si no le digo por quién sustituir a Giallonardo, lo más lógico será que elija a Roberto.

No te metas, papá...

Pero el que se ha quedado fuera es él. Y así debe seguir siendo.

Sólo hay una persona que puede ayudarme.

Cojo el teléfono y busco el número de Rosa. A estas horas habrá terminado el servicio en Rué. Mi nombre le aparece en la pantalla y me identifica ya antes de oír mi voz.

–Hola, Silvano.

–Hola, Rosa. Necesito que me hagas un favor.

En mi voz hay una urgencia que la alarma.

–¿Pasa algo?

No tengo tiempo de explicárselo. Pero si lo tuviera, ella sería la única persona a la que se lo contaría todo.

–No, nada. ¿Dónde estás?

–En mi casa. Estoy oyendo el partido por la radio. En el restaurante no...

La interrumpo. Ya le pediré perdón por mi brusquedad.

–Necesito que me recargues un móvil.

–¿El tuyo?

–No, otro. Apunta el número.

La respuesta es casi inmediata. Señal de que tiene a mano papel y bolígrafo.

–Dime.

Pronuncio lentamente el número del míster, para que no se equivoque al anotarlo.

–Es muy importante. Date prisa. Siento que tengas que salir pero...

Esta vez es ella quien me interrumpe a mí.

–No tengo que salir. Lo hago en el ordenador.

–¿En el ordenador?

–Sí, me ha enseñado mi hijo. Dos minutos y listo.

–Recarga cincuenta euros. Ya te los daré.

–Descuida.

–Adiós, Rosa. Y muchas gracias.

–Voy. Ya me lo explicarás.

Cuelgo y espero. No puedo hacer otra cosa.

Entretanto pienso quién puede sustituir al jugador desafortunado. Giallonardo es un centrocampista con muy buena visión de juego y precisión en los pases largos. No es muy veloz pero sí alto y sólido dentro del área.

Cojo el papel con la alineación.

Repaso la lista de suplentes buscando una inspiración. Me pregunto qué haría Di Risio en mi lugar. Me respondo que no debo tratar de adivinar lo que él haría, sino saber lo que debo hacer yo.

Y decido arriesgar.

En ese momento noto una vibración en el bolsillo que me confirma que la recarga está hecha.

Lo interpreto como una señal del destino. Espero que mi destino no sea hoy el de que me den por culo y por tanto dar yo a unos cuantos miles de aficionados. Abro el teléfono y escribo el mensaje.

Que entre Zinetti.
Ponlo con Ventura.
Y pasa a Augusto a la banda.

Estoy seguro de que a Gentile le dará un síncope cuando lea el mensaje. Lo mismo que al presidente y a los demás. Roberto, en el banquillo, empezará a preguntarse qué está pasando. En el césped será la revolución cuando vean que en lugar del Grinta entra un muchacho joven y con poca experiencia, pero con mucho talento y que sólo espera la ocasión de demostrarlo. Yo lo sé. Ahora veremos si también lo sabe él.

Para mayor seguridad, envío a mi ayudante otro mensaje. Mientras pulso la tecla enviar, sonrío. Para mis adentros llamo ayudante a Gentile. Se me estará subiendo a la cabeza. O puede que la haya perdido definitivamente. A lo mejor todo es un sueño y me despierto en un hospital consumido por el Alzheimer.

El mensaje emprende su camino. Es curioso pensar que tiene que ir y venir de un satélite suspendido a decenas de kilómetros para recorrer en realidad unos cuantos metros.

¡¡¡Haz lo que te digo!!!

Creo que tres signos de exclamación bastan para dejar claro que no es un consejo sino una orden. Me guardo el móvil. Cuando me dirijo de nuevo al campo por el túnel, veo aparecer a Mino Carrara por la entrada principal. Es un periodista deportivo que escribe en un periódico nacional pero que colabora con la prensa local. Luego no debería estar aquí. A los periodistas no les está permitido entrar en los vestuarios antes del partido ni durante él, a menos que se los invite expresamente. Tienen su propia zona para hacer entrevistas al final del encuentro. Pero si Carrara se ha molestado en introducirse hasta aquí, estoy seguro de que es para dar problemas.

Es el tipo de periodista al que le gusta causar sensación, a veces embelleciendo las cosas, otras inventándolas. Todo el mundo se pregunta por qué trabaja en la prensa deportiva y no en la amarilla. Al empezar la temporada, después de entrenar, el míster se quedaba otros veinte minutos con Roberto y Zinetti para dar al muchacho clases de táctica. Ensayaban saques de esquina y según la posición cada uno de los jugadores debía alcanzar el primer o el segundo palo. Era normal, pues, que salieran después que los otros. Carrara lo advirtió y preguntó el porqué. No se le dijo, para que no pudiera acusarse a Zinetti de inexperto y tuviera la sensación de que el equipo lo protegía.

Al día siguiente, en la página de segunda división dedicada a nuestro equipo, apareció un artículo firmado por Carrara, y con un titular del tamaño de su cabeza hueca, en el que acusaba a Di Risio de someter a mi hijo y al muchacho a un entrenamiento agotador. No me gusta como persona y no me gusta verlo aquí.

Me acerco.

Es más o menos de mi misma estatura, con gafas de concha transparente y patillas rojas. Detrás de las lentes parece que no haya ojos, de lo hundidos que están. Tiene la tripa y los capilares nasales reventados propios de aquellos a quienes les gusta mucho el vino y la carne. Y la expresión ávida de a quien le gusta mucho el dinero.

–Usted no puede estar aquí.

Carrara trata de quitar importancia a su presencia en los vestuarios con un ademán.

Y con una sonrisa más falsa que el caballo de Troya.

–Ya, lo sé. Me voy en un minuto.

Me dan ganas de aplicarle el mismo tratamiento que al del almacén hace un momento. Le he tomado otra vez gusto. Pero no puedo, y eso que sería un héroe para jugadores y aficionados.

En ese momento se oye un clamor en el campo. Debe de haber entrado Zinetti y el público manifiesta así su desacuerdo. De las gradas se eleva y llega claramente aquí un coro que entona:

–¡Grin-ta! ¡Grin-ta! ¡Grin-ta!

Quisiera estar junto a ese muchacho para decirle que puede llegar a ser uno de los grandes y que el camino empieza hoy en este estadio. Espero que conserve la sangre fría y se dé pronto cuenta de que no es inferior a nadie, ni siquiera al gran Roberto Masoero.

Carrara escucha en silencio y me sonríe de nuevo.

–Parece que esta tarde hay cierto follón en el banquillo.

Lo miro en silencio esperando a que siga, como sin duda hará. En efecto.

–De eso precisamente querría hablar con usted.

Yo estoy que me subo por las paredes, pero él no se da cuenta. Prosigue derecho por su camino, que en este caso da un rodeo errado antes de llegar a la meta.

–Los dos sabemos lo dura que es hoy la vida.

Se mete una mano en el bolsillo de la chaqueta y cuando la saca lleva entre los dedos tres billetes de cien euros.

–Si por casualidad se le escapara a usted algo sobre lo que está pasando hoy a este equipo, el dinero que...

Me echo a reír. Este pobre diablo está hablando con una persona que podría proporcionarle la exclusiva de su vida, una noticia que vale mucho más de sus míseros trescientos euros.

Mucho, mucho más.

Y nunca lo sabrá.

Cuando dejo de reír, miro los billetes como si estuvieran cubiertos por una fina capa de mierda, y luego lo miro a él como si estuviera cubierto por una gruesa capa de mierda.

—Dos alternativas hay, amigo.

—A ver.

—Puede guardarse ese dinero, dar media vuelta e irse. O...

Se le forma una arruga en medio de la frente.

—¿O?

—Se quita las gafas y ve lo que pasa.

—Usted no...

Lo atajo y refuerzo la dosis.

—Y si sin gafas no ve bien, se lo cuento yo luego.

Me mira. A sus ojos no soy más que un viejo. Una persona que inspira más pena que miedo. Pero no puede permitirse llegar a las manos, no en su posición. Aquí no hay testigos y sería su palabra contra la mía. Sin contar con que dejarse tumbar por un viejo sería una mancha en su «personalísimo historial», como decía un comentarista de boxeo de la televisión.

Retrocede un par de pasos, sin dejar de mirarme a los ojos.

—Sé quién eres. A la primera ocasión, te arruino, Masoero. A ti y a tu hijo.

—En ese caso me vendrá bien su dinero. Vuelva entonces y hablamos.

Da media vuelta y se aleja. Desaparece por la esquina por la que ha asomado. Sé que me he hecho un enemigo pero ya pensaré en eso. Ahora tengo que llevar a término mi cometido sin que me descubran. Yo no tengo carné de entrenador. Si se supiera que he dirigido el partido, el equipo contrario, en caso de perder, podría impugnar el resultado.

Recorro el túnel y vuelvo al campo. Los dos equipos siguen cero a cero y la afición de las gradas está en la gloria. El público ha dejado de protestar contra Zinetti, quien en este momento chuta un balón que llega a la cabeza de Scanavino como si lo hubiera depositado con la mano.

El remate de cabeza sale fuera rozando el palo y se oye un murmullo de decepción en el público. Me acerco al banquillo. Roberto vuelve la cara hacia mí, al verme llegar. Pero yo concentro mi atención en los movimientos de los jugadores en el campo y no cruzamos la mirada.

Como no cruzaremos nuestras vidas, de ahora en adelante.

Cuando paso de nuevo ante las tribunas, miro instintivamente al palco del presidente. La sorpresa es tan grande que me cuesta no pararme con la boca abierta.

El asiento de la izquierda de Ganzerli ya no está vacío.

Lo ocupa un joven de unos treinta años, con un chaleco de tela y una camisa azul. Va tocado con una gorra de béisbol de los Angels, azul y con la visera roja.

En ese momento me cae en la mejilla, como una lágrima, una gota de lluvia.

15

Cuando los muchachos entran en el descanso, van calados hasta los huesos y muy serios.

El tiempo y el humor se han estropeado. La nube que acogió sola al helicóptero ha recibido muchas visitas durante el partido y a la media hora de comenzar el partido empezó a llover. Primero una amenaza silenciosa, con nubes negras y esa sensación de inminencia que sólo las tormentas producen antes de descargar. Luego rayos y truenos y un fuerte aguacero de esos que forman campanillas en los charcos y destrozan los tulipanes.

Los espectadores de las tribunas, resguardados por ellas, ni se han inmutado. Los de las gradas, desprevenidos, se han tapado con las chaquetas y han seguido en su sitio. Los que no llevaban chaqueta han echado pestes y también han seguido en su sitio.

Una tormenta inmóvil, sin viento, como si alguien hubiera querido que descargara allí y no en otro lugar. Una muestra de interés o desinterés del cielo por el destino de dos equipos provinciales que persiguen, mezclando sudor y lluvia en un rectángulo verde, un sueño de otros.

Yo me he guarecido bajo la marquesina del banquillo, junto a los jugadores. Liborio y Andrea han ido por chaquetas impermeables ligeras y las han repartido entre los jugadores y el personal. Luego han ido al túnel y desde allí han seguido el partido, atentos a una señal mía en caso de que se los necesitara. Yo sentía la presencia de Roberto a mi izquierda, sentía la ansiedad de los jugadores que veían el partido, sentía las señales de incitación que llegaban de las tribunas.

Pero sentía sobre todo la culpa de lo que estaba ocurriendo, de la aventura en la que me había embarcado, del saco atado que mi hijo me había metido por la cabeza y en el que sólo podía moverme a tientas. Con el miedo de que mis decisiones fueran equivocadas, que las instrucciones que daba a Gentile tuvieran el efecto contrario.

A tres minutos del final ha ocurrido.

El equipo contrario, después de una acción nuestra que casi acaba en gol, ha recuperado el esférico y ha emprendido un contraataque rapidísimo. Eran tres contra tres. La serie de pases de los atacantes ha sido perfecta, como sólo el azar o el talento permite que sea. Re, al que he cambiado a la banda izquierda, se ha visto ante un hombre que se escapaba en el límite del área. Con eso el rival se habría encontrado ante la portería en una situación perfecta para batir al guardameta. Y entonces el defensa

¿por angustia?

¿con intención?
estiró la pierna.

Un fallo técnico, más por desesperación que por perfidia.

El árbitro ha pitado falta y sólo el hecho de que Re no era el último jugador ha evitado la expulsión. El árbitro ha consultado con los jueces de línea si la falta era dentro o fuera del área. No parece que se pusieran de acuerdo. El caso es que no han pitado penalti, lo que nos ha hecho suspirar a todos con alivio.

Se ha colocado la barrera a la distancia reglamentaria. Tamma, un centrocampista visitante especialista en lanzamientos a balón parado, se ha situado tras el esférico, a la distancia que ha considerado oportuna. Había en el ambiente la misma sensación de inminencia que producen las tormentas.

El árbitro ha pitado.

Carrerilla, patada, salpicadura. El balón se ha elevado describiendo una curva. Desde donde yo estaba lo he visto girar brillando bajo el agua, fundidos el blanco y el negro por el efecto del golpe bien calculado. Ha girado interminablemente hasta que, en el momento elegido por el destino, se ha colado en la red. Una pequeña parte del estadio ha estallado. La otra se ha quedado muda e inmóvil bajo la lluvia, que seguía cayendo sobre personas tan heladas que habrían podido transformarla en una fina capa de hielo.

Unos minutos después un pitido ha señalado el final de la primera parte.

Y ahora los jugadores desfilan por el pasillo con un ruido de tacos que parece de castañuelas flamencas. Sólo que es un ritmo lento, triste, desmayado. Ninguno tiene ganas de bailar. Y, sin embargo, yo sé que algunos de ellos fingen, porque el partido está yendo exactamente como tenían decidido. Entran en silencio en el vestuario, donde Andrea empieza a repartir té caliente en vasos de plástico.

Gentile llega justo cuando la rabia de Osvaldo Pizzoli estalla, interpretando el pensamiento de casi todos los presentes. Se quita la camiseta empapada de agua de lluvia, manchada de hierba y barro, y la estampa contra su taquilla. La camiseta cae al suelo con ruido de trapo mojado.

—Pero, bueno, ¿qué coño pasa aquí? ¿Dónde está el míster? ¿Por qué no juegan Roberto y Bernini?

Gentile, que al oír la palabra míster se siente automáticamente aludido, se acerca. Pero no puede evitar que su voz suene con cierto eco inseguro.

—No sé dónde está Di Risio. Ni por qué no está en el campo. Pero estoy en contacto telefónico con él y puedo aseguraros que todas las decisiones son suyas.

Roberto se levanta y se acerca a Pizzoli, en actitud solidaria.

—Pues yo ahora quiero jugar. Tenemos que ganar este partido.

También Bernini se les une.

—Yo también quiero jugar.

Y se dirige a Della Favera, el portero que ha encajado un gol sin tener culpa, porque el único culpable soy yo.

—Perdona, Piero, pero ese balón lo habría parado cualquiera hasta con una mano.

El segundo portero se levanta de un salto con aire amenazante y Carbone tiene que detenerlo. Desde ese momento es un guirigay de comentarios que se cruzan, de frases que cortan otras frases, de opiniones que interrumpen otras opiniones, de gestos de rabia, descontento, ira y frustración.

Y de infinitos «¡Joder!».

–Muchachos, ¿qué pasa?

La voz se oye alta y clara en la puerta. Todos enmudecen y se vuelven hacia allí. En el vano está Martinazzoli, con unas gotas de agua en la chaqueta, el pelo perfectamente en orden, como siempre.

Pizzoli, en su calidad de capitán, se hace portavoz del descontento general.

–Presidente, esto no se explica. Esto es un desastre. ¿Por qué tenemos que perder el partido?

Con sus maneras persuasivas, tranquilo y sereno, Martinazzoli avanza hasta el centro del cuarto. Empieza a hablar a los presentes en ese tono de voz capaz de llegar al interlocutor como si le hablara directamente dentro de la cabeza.

–Muchachos, todo está controlado. Estamos en contacto con el míster, que tiene toda mi confianza. Nos ha traído hasta aquí y me niego a creer que se haya vuelto loco de pronto. Ahora tranquilizaos, relajaos y poneos ropa limpia. Y salgamos al campo con calma. Aún quedan cuarenta y cinco minutos y podemos ganar este maldito partido.

Yo he oído este discurso desde el pasillo. El discurso de un hombre que está seguro de que sus objetivos serán alcanzados. Y de pronto tengo una intuición clara y terrible. Es una idea absurda pero tan violenta que tengo que apoyarme en la pared. Me siento tan pesado que temo no poder sostenerme. Me voy al cuarto de baño y saco el móvil que todo este tiempo me ha permitido ser otro.

Lo abro, selecciono y escribo.

Lo sé todo. Dile a Masoero y a los otros que se acabó el juego. Que salgan a ganar este maldito partido y no a perderlo.

Y envío el mensaje al presidente.

Pasa un minuto que parece eterno. Al cabo el teléfono vibra en mi mano. En la pantalla aparece un mensaje. Pocas palabras que me dicen que la astucia del hombre que las envía no es sólo una leyenda. Y que su rabia no es menos real.

¿Quién coño eres?

Aprieto las mandíbulas. Nunca he odiado a los rivales con los que me he enfrentado en el ring. Eran hombres a los que respetaba, aunque estuvieran decididos a darme de puñetazos. Ahora, en cambio, siento que odio a este hombre. No sé por qué se ha metido en esta trama. Si por avidez, por maldad, por estupidez. Lo que sí sé es que pertenece a un mundo de gente corrupta y corruptora que merece acabar entre las llamas del infierno.

Y que, por una vez, es justo que les den también por culo en esta vida.

Pulso las teclas tan fuerte que temo romper el aparato.

Soy alguien que puede evitar que acabes en la cárcel. Si haces lo que te digo, te costará sólo dinero. Si no...

Esos puntos suspensivos me parecen suficientemente alusivos y amenazantes incluso para un tipo duro como Martinazzoli. Para confirmarle que hablo en serio, le mando otro mensaje.

Si estás de acuerdo, cuando salgas al campo ponte la gorra azul y roja de tu amigo.

Envío el mensaje con una sensación de liberación casi mareante, como si hubiera respirado demasiado oxígeno. Estoy seguro de que el presidente está maldiciéndome con toda la imaginación que tiene. Yo paso de él con toda la impiedad a la que tengo derecho en este momento. Lo único que me queda por hacer es mandar otro mensaje. Hallo en la agenda del míster el número que sabía que encontraría y tecleo el mensaje.

Y lo envío también.

Salgo del baño y vuelvo al vestuario. Muchos de los jugadores están ya en el túnel, listos para salir al terreno de juego. Se mezclan con los del otro equipo, muchos de los cuales han sido o serán compañeros. Podría ser un bonito momento de deporte y de vida, si no fuera por esas hienas que quieren matar el fútbol y además devorar su cadáver.

Roberto se ha retrasado y está poniéndose una camiseta limpia. Cuando saca la cabeza por el cuello, me encuentra a su lado. Hay sorpresa, pero no la que me esperaba. Mi hijo no es tonto, incluso creo que es inteligente, aunque haya cometido la estupidez de meterse donde se ha metido. Me ha visto ir y venir, ha visto la cara que llevo y no tiene la conciencia tranquila. Además, el presidente debe de haber hablado con él y sabe que todo se ha esfumado tras la sombra amenazante de un coche celular, junto con la visión de treinta millones de euros.

Lo miro a los ojos y esta vez el débil es él. No por la mirada, sino por las palabras y por el tono de voz.

–¿Qué está pasando, papá?

Le señalo la taquilla.

–Enciende el teléfono.

Él me mira sorprendido. Luego alarga la mano, abre la taquilla, saca el móvil del bolsillo de la chaqueta y lo mira. La pantalla avisa que ha recibido un mensaje. Pulsa el icono correspondiente y aparece el remitente. En el recuadro luminoso se lee: DI RISIO.

Roberto abre el mensaje, lo lee y enseguida me mira.

–Pero...

Doy media vuelta y me marcho. Lo dejo preguntándose qué significan esas pocas palabras y qué pueden haber significado todo ese tiempo.

No te metas, Grinta.

Al poco salgo del túnel y me hallo en el campo. Ha dejado de llover y de nuevo hay grandes espacios azules entre las nubes. Pero lo que me interesa es otra cosa. Alzo la cara hacia las tribunas y busco con la mirada a Martinazzoli. No dudo de lo que veré. Estoy seguro de que le he hecho una de esas ofertas que, como se dice, no pueden rechazarse. Me doy cuenta, con una sensación de triunfo, de que le he infligido delante de todo el mundo la humillación de llevar una gorra de béisbol azul con visera roja que no pega para nada con su traje.

Con esa gorra en la cabeza parece lo que es.

Un gilipollas.

16

El portero del estadio me abre la verja y me permite salir al volante de mi monovolumen. Me ve pasar con una sonrisa feliz y hace un gesto de triunfo con el brazo y el puño. En la explanada del estadio sigue la fiesta. La afición se volvió loca e invadió el campo en cuanto sonó el pitido final. Parecían langostas hambrientas que se abatían sobre el trigo. Ahora la fiesta continuará por las calles de la ciudad toda la noche y más, con bocinazos, ruido de motos, trompetas y banderas.

Lo que ocurrió lo vieron todos. Y, con todos los ojos fijos en el terreno de juego, ¿quién iba a reparar en mí, mientras enviaba un mensaje a Gentile con un móvil que usaba por última vez?

Que entren Masoero y Bernini en lugar de Della Favera y Fassi. Diles que jueguen como saben.

Roberto y el portero calentaron y salieron al campo con la timidez de la primera vez, en medio de una ovación general. Y estuvieron soberbios, como todos los demás. Mi hijo volvió a ser el Grinta. Su presencia en el césped animó a sus compañeros y enseguida se convirtió en la figura central que todos esperaban.

Ganamos tres a uno. En la segunda parte dominamos el juego y el equipo contrario se vio obligado a replegarse en su campo, sin poder salir más que con algún contraataque que enseguida abortó implacablemente nuestra defensa. El Grinta metió el gol del empate, y luego Zinetti, mi protegido, los otros dos, lo que será celebrado en todos los telediarios y programas deportivos esta noche y mañana en toda la prensa.

En los vestuarios, adonde los jugadores corrieron a refugiarse para escapar del delirio de los aficionados, se armó la de Dios. A Roberto lo llevaron a hombros y se lo pasaban unos a otros como si fuera el féretro de un resucitado. Cuando lo dejaron en el suelo, después de abrazos y apretones de mano, me buscó con la mirada.

Yo estaba al final del pasillo, ante la puerta del cuarto en el que Sandro Di Risio expiró en mis brazos. Cuando vieron que venía hacia mí, le dejaron pasar, por respeto a lo que para todos se presentaba como un legítimo momento íntimo.

Roberto llegó junto a mí. El ruido de sus tacos en el suelo era como latidos del corazón. Nos miramos. Esta vez no era cuestión de fuerza ni de debilidad, sino un asunto entre hombres.

Mejor dicho, mucho más.

Un asunto entre padre e hijo.

–Has estado grande en el césped.

—Tú sí que lo has estado, no sé cómo, pero sé que lo has estado.

Yo soy un viejo chocho, porque en ese momento se me empañaron los ojos y en la garganta noté una cosa que sabía a hierro y parecía de goma.

Le tendí la mano.

Él, en vez de estrechármela, me abrazó con una fuerza que yo sabía que tenía.

En voz queda me susurró las palabras más bonitas que he oído en mi vida.

—Gracias, Silver.

Yo me solté y le indiqué a la multitud festiva, que se apiñaba tanto que parecía un solo individuo. Se les había unido el presidente, obligado a celebrar una victoria que para él era una derrota y le costaría Dios sabe cuántos millones.

—Vete, es tu día.

—No, es el tuyo. Lo sabemos los dos y con eso basta.

Dio media vuelta y fue con los demás. Yo hice lo que debía. Entré en el vestuario de Di Risio, pasé al baño, abrí la puerta de comunicación con la llave que seguía llevando en el bolsillo. Entré en el almacén, cerré. Subí al piso de arriba, donde el míster yacía en el suelo como si le hubiera dado un ataque mientras miraba por el ventanal. Me agaché, le metí la llave en el bolsillo y dejé el móvil al lado. Me erguí y me quedé un momento mirándolo. Al cabo dije lo único que se me ocurrió.

—Hemos ganado, míster.

Bajando las escaleras, pensé que, instintivamente, quizá había pronunciado el elogio fúnebre que Sandro

Di Risio habría preferido más que ningún otro en el mundo. Una vez abajo, abrí la puerta del almacén con mis llaves y llegué a mi coche sin que nadie me viera. Y me fui, dejando atrás el estadio. Mañana por la mañana, cuando los de la empresa descubran el cuerpo del entrenador, tendrá el reconocimiento que merece. Todos sabrán lo que hizo. Pese a no encontrarse bien, pese a sufrir un ataque al corazón que al final le costó la vida, condujo a su equipo a la victoria.

Un hombre que tendrá la gloria que se merece.

Cojo por fin mi teléfono de la guantera y marco el número de Rosa. Contesta al primer toque.

–Silvano, dime.

–¿Te has enterado?

–¿Cómo no? He seguido el partido en la radio de Manila Sound. ¿Estás contento?

Sí, estoy contento, Rosa. No puedes ni imaginarte cuánto...

–Mucho. Muchísimo. Y para celebrarlo tengo una propuesta.

Rosa parece intrigada por mi tono insinuante.

–¿Qué propuesta?

–¿Qué te parece si voy a tu casa y nos echamos una *Ghigliottina?*

Al otro lado de la línea se hace un silencio. Al cabo oigo una voz reposada y dulce, una voz con un dejo risueño.

–El programa ha acabado, Silver.

–Creo que los repiten.

–Vale, ven.

–En dos minutos estoy allí.

Cuelgo y enciendo la radio. Busco una emisora de música. Por unos días basta de fútbol. La voz del cantante de un grupo de los setenta, los Panda, sale por los altavoces y me comunica que tiene ganas de morir. Yo, en adelante, ya no.

Me alegro de que Rosa viva cerca del estadio. A estas horas todas las calles estarán atestadas de gente exultante. No tendría ganas ni paciencia para librarme del tráfico. En cinco minutos contados estoy en la casa de mi camarera preferida.

Aparco y bajo del coche. Llego a la puerta y toco el timbre que corresponde al nombre. La voz de Rosa suena cascada por la mala calidad del aparato.

—¿Sí?

—Rosa, soy yo.

—Tercer piso.

Oigo el chasquido de la cerradura, empujo el batiente y entro. El vestíbulo es propio de un edificio en el que vive gente que trabaja, familias con dos sueldos y tres hijos, ancianas que viven de la pensión del marido, a las que los nietos visitan de vez en cuando. Huele a cera y a incienso de iglesia.

Por arriba se oye ladrar un perro.

Entro en el ascensor, que está en la planta baja. Hoy es un día lo que se dice con suerte. Pulso el botón en el que dice tres. Las puertas se cierran y la cabina se pone lentamente en marcha. Estoy un poco nervioso. Desde que murió Elena no he hecho el amor con una mujer. No es que no me apetezca, al contrario. Pero no soy de los que van por las verbenas buscando ligue y las prostitutas no son lo mío.

Me pregunto si Rosa...

La cabina se detiene en el tercer piso con una leve sacudida. Las puertas se abren, chirriando un poco. Empujo la puerta y veo a Rosa en el rellano, esperándome. Lleva una camiseta y unos vaqueros y tiene un aspecto espléndido. O quizá es que me lo parece a mí. La verdad es me da igual. Lo que importa es el resultado y esta mujer me gusta.

Me abre la puerta. Sonríe y tiene los ojos vivos.

—El padre del Grinta en mi casa, ¡qué honor!

Se aparta y me deja entrar. Yo paso a su lado y aspiro su perfume. Huele a especias y a ámbar, un olor delicado y gentil, como ella. Un buen perfume para una buena piel.

—¿Se puede?

—Pasa, pasa.

Me precede y la sigo a su casa, una casa llena de vida, que huele a limpio y a mujer. Los muebles son modestos pero están escogidos con gusto y los colores entonan de manera impecable. Rosa trabaja de camarera a tiempo parcial, en parte por redondear, en parte por amistad con los Rué. En realidad es secretaria en el gabinete de un notario y ahora, después de muchas penalidades, se las arregla bastante bien.

Me invita a pasar a un salón en el que reconozco el mismo sofá que había en el vestuario del míster, aunque aquí está mucho mejor ambientado. Delante hay una televisión, encajada en una librería de madera y cristal opaco. En los estantes, los consabidos objetos pero perfectamente ordenados.

Libros, fotos, adornos.

–Muy agradable.

–Se puede vivir. Yo me encuentro bien.

La respuesta y el tono me parecen implicar una idea. Que le gustaría que yo también me encontrara bien. Aunque quizá es la alegría del partido ganado y todo eso lo que me hace ver significados que no existen.

–¿Quieres beber algo?

La miro y sonrío. No me siento violento. Todo me parece natural, como si no fuera la primera vez que vengo.

–Lo que tengas, con tal que sea líquido y esté fresco.

Pone una cara cómplice, como la voz.

–Tengo una botella de vino en el frigorífico. Blanco y frío. ¿Y si nos la tomamos en honor del equipo?

Me encojo de hombros.

–Me parece bien. Total, sé que es inútil oponerse a la voluntad de las mujeres.

–Espera aquí. Y siéntate.

Rosa se aleja pasillo adelante, camino de la cocina. Yo me quedo solo y me acerco a la librería, curioso por ver lo que lee Rosa. Son libros de grandes autores, novelas que han hecho historia. Me impresiona que no haya ni un thriller.

Me acerco luego a un marco con una foto en color. De pie, en lo que parece un aeropuerto, hay dos personas. Una es Rosa y la otra un joven de unos treinta años que le rodea el hombro con el brazo.

Los dos sonríen.

Me envuelve algo frío y oscuro y por un momento tengo la sensación de que la estancia está llena de sombras y hielo. Porque conozco a ese muchacho. Lo he visto dos veces en mi vida y las dos veces llevaba una gorra azul y roja.

—Es Lorenzo, mi hijo.

La voz de Rosa suena a mis espaldas y me obliga a volverme. La veo en la puerta con una bandeja en la que trae dos vasos y una botella.

—Esa foto nos la hicimos un día que fui a verlo a Londres.

Se acerca a la mesa que hay frente al sofá y deja la bandeja. Yo aún no me he repuesto de la impresión. En mi cara hay alguna huella de lo que acabo de descubrir, es imposible que no la haya. Rosa es una mujer sensible y lo nota enseguida.

—Silvano, ¿pasa algo?

Me gusta mi nombre dicho por ella.

—Nada. Un bajón de azúcar, supongo. Demasiada tensión que se termina de golpe.

Me acerco y me siento en el sofá, junto a ella, que está descorchando la botella. Me reclino y lanzo otra mirada a la foto de la librería. Ahora todo encaja. Todos los cabos, todos los detalles, todos los personajes. Quizá el papel que encontré en la basura lo escribió otra persona. La *L.* de la firma quizá no significaba Luciano sino Lorenzo. En todo caso ya no tiene importancia. Espero que también él, como mi hijo, haya aprendido la lección. Si las cosas salen como espero, ya tendremos ocasión de hablar del tema cara a cara.

Pero Rosa no tiene que enterarse. Nunca.

—Listo. El mejor blanco de los Rué.

La voz acompaña el gesto con el que Rosa me tiende el vaso. Lo tomo con delicadeza y noto el frío del cristal, que se humedece por la condensación. Ella toma el suyo y lo alarga hacia mí.

—Por la victoria.

Toco su vaso y añado mi mitad del brindis.

—Por los hijos.

Rosa se pone más cómoda. Nos encontramos uno al lado del otro tomando un buen vino. Pienso que, cada cual a su manera, nos lo merecemos.

Me estiro y cojo el mando de la mesa.

—¿Estás lista? Hoy te gano.

Ella sonríe.

—Veremos...

Levanto la mano y enciendo la televisión.

AGRADECIMIENTOS

Sin más consuelo que mi temeridad, he decidido escribir una historia sobre uno de los asuntos de los que menos entiendo: el fútbol. Para ello, metido en el atolladero cenagoso de mi ignorancia, he pedido ayuda a amigos que pueden preciarse de tener una experiencia muy, muy superior a la mía. Doy, pues, las gracias a:

Alex del Piero, campeón indiscutible dentro y fuera del césped, de cuya amistad me honro. Si yo no estuviera aprisionado en el cuerpo casi caduco de un hombre con sobrepeso, y no echara de menos unos cuantos pelos en la testa, él sería una de las personas que me gustaría ser.

Alberto Zaccheroni, entrenador del equipo nacional de Japón y míster varias veces premiado en Italia, que tuvo que soportarme como compañero de viaje en un vuelo Milán-Tokio. Aceptó de buen grado mis preguntas, que fueron sin duda menos agudas y preparadas que sus respuestas.

Franco Colomba, viejo y querido amigo reencontrado, a quien ni el tiempo ni la vida han podido cambiar, y que ha resultado ser la buena persona de siempre.

Fabio Ellena, Press and New Media Officer de la Juventus, hombre multicomunicador y multisoportador, lo que, en pocas palabras, significa que se encarga de las relaciones con la prensa y con pegajosos mendicantes como yo.

Daniele Boaglio, ex Team Manager de la Juventus, al que perseguí y sometí a más de un tercer grado. Apostaba conmigo mismo cuándo me mandaría a donde yo me sé. Pero como es una persona exquisita, me hizo perder la apuesta...

Dario Tosetti. El día en que la cortesía y el señorío se conviertan en una religión, él será sin duda objeto de culto.

Cesare Savina, gran pediatra y amigo de siempre, que me ha ilustrado sobre algunas prácticas médicas referidas en la novela.

Marco y Andrea Capuzzo, por la asesoría futbolística y la inspiración. Son una y otra vez la prueba viviente de la verdad del dicho latino *talis pater, talis filius*. Como de que son los dos personas valiosísimas.

El personal de la editorial Einaudi era para mí completamente nuevo, un viaje a tierras desconocidas. Éstas son las personas con las que me encontré al desembarcar:

El imprescindible Severino Cesari, cuyo nombre evoca los fastos de la antigua Roma. En mi mente, de hecho, vestido con peplos, ocupa un justo puesto en el senado de los editores.

El electrizado Paolo Repetti, que para seguir el curso estival de este libro renunció a unas vacaciones en su lugar preferido: una caja sorpresa...

La inquisitiva Francesca Magnanti, que siguió paso a paso las huellas de mi relato y desbarató todas las trampas que yo, sin saberlo, había ido poniendo.

El evocador Riccardo Falcinelli, que cuando llamé a su puerta, no sólo me la abrió sino que la convirtió en la portada original.

La aleteante Paola Novarese, portadora de luz, la Florence Nightingale de las oficinas de prensa.

Además, y como un peregrino a las faldas del Olimpo, doy las gracias al tonante Alessandro Dalai y al marcial Ricky Cavallero, que me han concedido este asueto.

Concluyo con un pequeño enigma. Doy las gracias a PGN y a R., que forman parte de mi trabajo y de mi vida. Adivina, lector, quiénes son. Ellos seguro que lo saben.

Dicen que cuando se termina de leer un buen libro es como decir adiós a un amigo que parte. Yo, con razón o sin ella, sentí lo mismo cuando terminé de escribir esta novela. Me empleé a fondo para que fuera una buena novela.

Si lo he conseguido, también es mérito de las personas a las que acabo de dar las gracias.

Si no lo he conseguido, sólo es culpa mía.